俺の背徳メシをおねだりせずにいられないお隣のトップアイドルさま

及川輝新　［イラスト］緋月ひぐれ

「ヤサイニンニクマシマシ
アブラカラメマシ、
大ブタダブルで」
【本日の献立】 鈴文特製「家二郎」

俺の作った料理が、そのお腹《なか》に入っている。

想像すると、体がむずむずした。

こちらの視線を察したのだろう、
優月《ゆづき》はお腹を撫でながら、こんな提案をする。

「触ってみる？」

「や、やっぱり、
こんな脂っこいものを食べるのは
アイドル的に犯罪じゃ……」
「今さらすぎるだろ。
どうしても食わないなら俺が――」

FAV
FAV

CONTENTS

俺の背徳メシをおねだりせずにいられない、お隣のトップアイドルさま

及川輝新

MF文庫J

口絵・本文イラスト●緋月ひぐれ

ROUND. 1　「私のファンにしてあげる！」

電子レンジは、想像していたよりもずっと重たかった。

酷使した手を揉《も》みほぐしながらエレベーターに乗り、八階で降りる。そのまま共用廊下を歩いていくと、俺の姿を見つけた熟年のご婦人が顔を綻ばせた。

「ありがとうねぇ、わざわざ下まで運んでもらっちゃって」

髪は白髪のほうが目立つが、笑顔は若々しい。ご婦人の正体はいわゆるお隣さんである。

ヒビの入った電子レンジを運ぼうとしているご婦人とマンションの共用廊下で出くわしたのは、つい数分前のことだ。重たい家電を女性一人で抱えている事情をうかがってみると、「夫婦で季節外れの大掃除をしていたところ、旦那がぎっくり腰になってしまった」という。そこで元気のあり余る男子高校生の俺が、運搬役を申し出たというわけだ。

「あとは換気扇の掃除と蛍光灯の交換でしたっけ」

パーカーの袖をまくり上げると、ご婦人が慌てたように手のひらを突きつける。

「そんな、悪いわよ。そっちは急ぎじゃないから気にしないで。どこか出かけるところだったんでしょう？」

「いえいえ、やらせてください。旦那さんの腰が治るまでしばらくかかるでしょうし」

「で、でも……」

「こちとら春休みなんで、時間はたっぷりありますから。それに旦那さんへの引っ越しのご挨拶もまでしたし」

やがてご婦人は眉尻を下げ、俺に根負けした形で家に上げてくれた。

おやおや、廊下の隅には埃《ほこり》が溜《た》まり、床のワックスも剥《は》げかけているではないか。ついでに家の掃除も手伝わせてもらおう。玄関に並んでいる革靴のツヤもだいぶ落ちているな。ウチに靴墨は置いてあったっけ。旦那さんが体を動かせるようなら、パートナーストレッチも申し出てみよう。

ああ、ワクワクが止まらない。手のひらは興奮でうっすら汗ばんでいた。

俺はごくりと喉を鳴らす。

さあ、開戦だ！


すべての作業が終わった頃、空はすっかり茜色《あかねいろ》に染まっていた。

「お礼と言っちゃなんだけど、これ」

玄関でご婦人がビニール袋を差し出す。中を覗《のぞ》くと、鮮やかな橙色《だいだいいろ》のニンジンがぎゅうぎゅうに詰まっていた。

「うわ、ありがとうございます。ちょうど今日買おうと思ってたんですよ」

「農家をやってる親戚から送られてきたの。見た目はちょっとアレだけど、味は確かよ」

「助かります。そうだ、甘いものはお好きですか？　これだけ量があるなら、タルトにして明日持っていきますよ。その時に旦那さんの腰痛改善計画の詳細な打ち合わせを……」

「だ、大丈夫、大丈夫よ。あなたは自分の時間を過ごして？」

「そんな、遠慮なさらずに」

「これ以上、若い子の時間を奪えないわ。老人のお願いだと思って聞いてちょうだいな」

名残惜しさはあったものの、人生の先輩を立てるのも若輩の務めと判断し、受け入れることにした。少し談笑をした後、俺は隣の部屋に戻る。

レジデンス織北《おりきた》。

先日、我が家はこのマンションに引っ越してきた。俺たち家族が生活している部屋は、八階の809号室だ。

洗濯物を取り込み、ベランダから景色を見下ろすと、夕方でも引っ越し業者のトラックが行き交っていた。

四月上旬、春休みも終わりが近づいている。近所の公園に視線を移すと、花弁を纏《まと》った桜の木の枝が、風でリズムを取っていた。

もうすぐ俺は高校二年生となる。引っ越し後も通う学校は同じなので、進級への不安は特にない。それより、目下の懸念事項はもう一組のお隣さんへの挨拶だ。

もう一組のお隣さんとは、ご婦人のことではない。あの方はエレベーター側である808号室の住人。俺が気にしているのはその反対側、フロアの最奥に位置する810号室だ。

こちらのお隣さんは生活が不規則らしく、俺が起きている時間帯はほとんど家に帰ってこない。そのため今日まで挨拶の機会に恵まれなかった。

本来であれば、両親を含め家族三人で挨拶にいくべきなのだが、彼らの休暇は昨日で終わってしまったため、息子の俺一人で訪問しなければならないのだ。

今日は珍しく昼間のうちから生活音がしたので、お隣さんは在宅しているようだった。そこでいざ突撃しようと玄関の扉を開けたタイミングで、ご婦人に遭遇したというわけだ。

俺は再び部屋を出て、隣の810号室の前に立つ。右手には白地の紙袋。中には銀色の保冷パックに包まれた、いわゆる手土産というやつが入っている。

ああ、緊張する。性別も年齢もまったくの謎。マンションに住んでいるくらいだから、やはり808号室のような、暮らしに余裕のある熟年層の方が暮らしているのだろうか。

意を決してチャイムを鳴らす。相手に余計な不安を与えないよう、モニターの正面に立ち、両手で紙袋の紐《ひも》を握りしめる。服装はパーカーにジーンズとシンプル極まりないが、まぁ不快感を与えることはないだろう。

『……はい？』

　モニター越しに、柔らかい声が届く。

　声は女性のものだった。

「先日、隣の８０９号室に引っ越してきた者です。一度ご挨拶をできればと思いまして」

『……』

　返答がない。これは聞こえていないのではなく、応対するべきか迷っているのだろう。

　そりゃ昨今、挨拶で顔を突き合わせるのは珍しいかもしれない。とはいえこの先の数年、数十年、お隣さんという関係を築くことになるのだ。然《しか》るべき手順は踏んでおきたい。

『……わかりました。今、開けますね』

　やや間があって、控えめな口調で承諾の返事があった。

　かなり若い声だ。二十代後半……いや前半くらいか。となれば男の来訪を警戒するのも自然な反応だ。女性が出てきたら声のトーンは二割増し、スマイルは五割増しでいこう。

　扉が開く。舞台の幕が上がる。

　隙間から現れた白く細い手は、同じ人間とは思えないほどにきめ細やかで。

　太陽のように燦然《さんぜん》とした瞳は、見る者を瞬く間に吸い寄せる。

　吹き込んでくる甘い香りはアロマか、あるいは彼女由来のものか。

　まるでショーの開演を迎えたような、非日常的な雰囲気に包まれる。

　あるいは８１０号室の扉は、ステージと客席をつなぐ架け橋だったのかもしれない。

「お待たせしましたっ」

その瞬間、俺は愛想笑いを忘れた。

目の前に現れたのが、美少女だったからだ。

スーツをぴちっと着こなしたバリキャリでもなければ、派手な服装をしたパリピでもない。すらっとした体型で、白ニットにショートデニム姿がよく似合う、明らかに十代の女の子がそこにいた。

「ごめんなさいっ、隣の部屋に新しく越してきた方がいるのは知ってたんですけど……。『いくらマンションがオートロックでも、ひょっとして訪問販売かも？』とか考えて応対してたから、私、感じ悪かったですよね？」

肩から清流のようにこぼれるロングの黒髪は、艶《つや》やかで美しい。色素の薄い瞳の光彩は、まるでシャンパンのごとく高貴な琥珀色《こはくいろ》。

「いや、感じが悪いなんて、俺は全然……」

「そうですか、ああ、よかった」

心の底から安堵《あんど》したと言いたげに、女の子は自身の胸元に手を当てた。

そのまま一歩前に出て、俺に顔を近づける。警戒心を解いた猫みたいに、無防備で愛くるしい眼差《まなざ》しを向けてくる。

宝石のように煌《きら》めく瞳、凛《りん》とした強さを想起させる眉、筋の通った鼻、薄い桜色の唇。

顔のパーツがあるべき大きさと場所で配置されている……なんて、美術品を鑑賞するような感想を抱いてしまうほどに美しい。目が合った少女は茫然《ぼうぜん》とする俺に、こともなげに顔を綻ばせる。

「どうかされましたか？」

にこり、と効果音が聞こえた気がした。まさにお手本のような、完璧な笑みだ。

自然な笑顔は、女性らしい可憐《かれん》さと年相応のあどけなさを併せ持っている。「スマイルは五割増しでいこう」なんて打算をしていた自分が恥ずかしく思えてくる。

「あ、せ、先日から隣の809号室に住んでおります、真守鈴文《まもりすずふみ》です！　父と母ともども、お世話になりますっ！」

脳内で組み立てていた挨拶文が吹っ飛んだばかりか、羞恥や緊張でついフルネームを述べてしまった。

女の子は俺の心中を察したようにくす、と控えめに笑う。

「810号室に暮らしている、佐々木優月《ささきゆづき》です。よろしくお願いしますね、真守さん？」

可憐な笑みに、正直ときめきそうになってしまった。

ご両親が出てくる様子はない。どうやら在宅しているのは佐々木さん一人のようだ。

「あ、そうだ、これ」

俺は自分の顔が熱くなるのを感じながら、慌てて紙袋を差し出す。

「熨斗《のし》も付いてなくて申し訳ないのですが、ご家族で召し上がってください」

「わあ、ありがとうございます。お菓子ですか？」

「……その、……たにく……です」

「え？」

紙袋を受け取った佐々木さんの表情が固まる。

「……豚肉です」

「ぶたにく……」

佐々木さんは、きょとんと紙袋の中に目を落とした。そりゃそうだ。普通こういう時は、日持ちするクッキーとかコーヒーとかが定番だろう。推定年齢十代中盤の美少女に生の豚肉を差し出すってどういう状況だよ。今度はドキドキとは別の理由で体が熱くなってきた。

口が勝手に動き出す。

「あ、えっと、ウチの両親が居酒屋を経営してるんです。近年ようやく軌道に乗ってきたんですが、前に住んでいたマンションが取り壊しになっちゃって。店舗を住居用に改装するにもさすがに親子三人で生活するには狭すぎるよねってことでこのたび引っ越してきたという経緯でして。ちょうど今、店でブランド豚を使ったフェアをやってるんですよ。『プラティナムポーク』ってご存じですか？　三種類の血統を掛け合わせた品種で、柔らかな肉質ときめ細かな筋繊維が特徴のブランド豚なんです。脂の旨《うま》みが豊かでありながらくどさがなくて後味さっぱり。今回の部位はバラ肉なので焼くのはもちろん、しゃぶしゃぶとか煮込みでも……イケま……す……」

初対面の相手に何をぶちまけているんだ、俺は。

佐々木《ささき》さんは紙袋を見下ろしたまま、一言も発しない。俺の存在を忘れたかのごとく、じっと中身を凝視している。

ヤバい、絶対に引かれた。

父さん、母さん、ごめん。

お隣さんとの関係が険悪になったら、原因はたぶん俺です。

「生姜《しょうが》焼き……」

「へ？」

「肉巻きおにぎり……チャーシュー……」

まるで佐々木さんは、サンタさんからプレゼントを渡された子どものように瞳をキラキラさせながら、料理名を呟《つぶや》いていた。

「……佐々木さん？」

「はっ！　ご、ごめんなさい！　バラ肉なんて久しく食べてなかったから、つい！」

予想の斜め上の反応に、こっちがびっくりしてしまう。このリアクションは、気に入ってもらえたってことでいいのか？

「ありがとうございます。……今度、食べさせていただきますね」

謎テンションから一転、弱々しい笑みを浮かべる佐々木さん。人前で自分だけ突っ走って、恥ずかしくなる気持ちはよくわかります。俺もつい数十秒前に同じミスをしたので。

「……じ、じゃあ、私はこれで……。これからよろしくお願いします……」

「は、はい……」

ぱたん、と閉まる扉の音は弱々しかった。

なんだか微妙な空気のまま別れてしまった。

でも一応は喜んでくれたみたいだ。今度会った時には、元通り可憐《かれん》な笑顔を見せてくれることを祈るとしよう。

「……お隣さん、可愛《かわい》かったな……」

スタイルが良くて受け答えもばっちり。何よりあの笑顔。天使のような、なんてチープな例えが浮かぶくらい、見る者を虜《とりこ》にする百点満点のスマイルだった。幼い頃から、さぞ男にモテるのだろうな。学生なら、校内にファンクラブなんかもあったりして。

「……うーん」

実は、佐々木さんには既視感のようなものを抱いていた。

一般市民である俺が、あんな美少女と知り合いなわけがない。かといって初対面というには、あまりに強烈なデジャヴがずっと脳裏にこびりついている。

ま、とりあえずミッションは果たしたし、夕飯の買い物にでも行こうか。新居に越したばかりとはいえ、どうせ父さんたちは帰ってこないだろうし。

真守《まもり》夫妻が営む居酒屋は、マンションから車で二十分ほどの距離にある。

個人経営の、いわゆる創作居酒屋だ。経営が安定してきた現在も新メニューの開発を積極的に進めており、月のほとんどは店舗の奥にあるスタッフルームに泊まっている。布団はもちろん、テレビやパソコンなどの設備も充実しているらしい。俺が高校生になり手がかからなくなったことも、連日の外泊を後押ししているのかもしれない。

つまり三人家族でありながら、最近の俺は一人暮らしに近い状態だった。

さて、今日の献立は何にしよう。佐々木《ささき》さんの反応を見たら、俺も豚肉が食べたくなってしまった。トンテキ、角煮、アスパラ巻き……たまには回鍋肉《ホイコーロー》もいいな。思考を巡らせながら、財布を取りに帰るべく809号室の鍵穴にキーを差し込もうとした瞬間。

ばたん。

何かが落ちた音、あるいは倒れた音が、隣室から聞こえた。

俺は左隣に戻り、810号室の扉に耳を押し当てる。

中は無音だ。佐々木さんがリビングに戻ったのであれば、ここの共用廊下にまで音は漏れてこないだろう。とすれば、廊下で何かあったのだ。

「……佐々木さん?」

ノックをしながら呼びかける。彼女が廊下にいるのなら、外からでも声は届くはずだ。しばらく待ってみても、反応はない。

ドアレバーに手をかける。鍵はかかっていなかった。

嫌な予感がした。

「……開けますね」

女性の自宅に勝手に上がって、許されるわけがない。とはいえ後で悔やんだところで無意味なのだ。無事を確かめられればそれでいい。もし咎《とが》められたら土下座でも何でもする。

扉を開ける。玄関には若い女性が履くようなブーツやパンプスが整然と並んでいた。両親らしき人物の靴は見当たらない。

左手には浴室とトイレが、右手には部屋がふたつある。フローリングの廊下の先は、リビングに続いているのだろう。掃除は行き届いており、塵《ちり》ひとつ落ちていない。

代わりに、廊下にはふたつの塊が横たわっていた。

ひとつは、先ほど俺が佐々木さんに渡した手土産だ。精肉店の名前が書かれた白い紙袋からは、保冷パックに包装された豚肉がはみ出ている。

そしてもうひとつ、いやもう一人は。

「佐々木さんっ！」

佐々木優月《ゆづき》が床に伏していた。

うつ伏せのため、意識の有無や表情は確かめられない。体がわずかに上下しているので呼吸はあるようだが、場合によっては救急車を呼ぶべきかもしれない。

かつての光景がフラッシュバックして、軽くめまいを覚える。

いや、動揺している場合じゃない。靴を脱ぎ捨て、華奢《きゃしゃ》な体を抱き起こす。

「佐々木《ささき》さん、俺です、真守《まもり》です。聞こえますか！」

「……ん……」

唇がわずかに動いている。俺は自分の耳を佐々木さんの口元に寄せた。

何かを伝えようとしているのか。発作を抑える薬の在《あ》り処《か》か、かかりつけ医の連絡先か。

佐々木さんは包み込むように、両手で俺の手を握った。繊細で、ひどく冷たくて、本当に同じ人間なのかと疑ってしまいたくなる。

「………い……た」

「なんですか？　もう一回」

耳に全神経を集中させ、感覚を研ぎ澄ます。


きゅうううううううううう。

例えるなら、空気で作られた弓矢を振り絞るような音だった。

声ではなく、音。それは佐々木さんの口からではなく、お腹《なか》から聞こえてきた。

「おなか、すいた」

ダイイングメッセージのような言葉を最後に、羞恥に見舞われ顔を真っ赤にした佐々木さんは、気を失ったフリをした。

☆　☆　☆

「本当にお恥ずかしいところを……」

ローテーブルの向かいで佐々木さんは、高タンパクの豆腐バーをもしゃもしゃと頬張《ほおば》りながら俺に謝罪した。

豚肉をしまうついでに冷蔵庫をチェックした際、最も栄養価のありそうな食品がこの豆腐バーだったのだ。ほかに入っていたのは、水とお茶とゼロカロリーのゼリーだけ。

佐々木家のリビングとキッチンの共用空間は、非常に簡素だった。テーブルとクッションが適当に置いてあるくらいで、ラグマットもカーテンもいたってシンプル。キッチンスペースにはろくに食器が揃《そろ》っていない。要は生活感がないのだ。

家族で暮らしているのなら、もっと各々の趣味嗜好《しこう》が現れそうなものだが。

「一人暮らしなんです、私」

俺の疑問を察したように、佐々木《ささき》さんが口を開いた。

「父がこのマンションのオーナーさんと知り合いで、色々と融通を利かせてもらっているんです。はじめは一緒に上京してきて二人暮らしだったんですが、今年のはじめに父は転勤で地元に戻ってしまって。今は向こうで母と暮らしています」

十代女子が一人暮らしするのに、このマンションはあまりに広すぎるように思えた。

「佐々木さんは戻らなくて良かったんですか？」

「はい。お父さんは心配そうでしたけど、私はこっちで仕事を続けたかったので」

「仕事？」

佐々木さんは、俺を見定めるようにじいっと凝視する。やがて、「……助けてもらったのに、隠すのは不誠実だよね」とスマホで何かを検索し、液晶画面をこちらに向けた。

画面には、五人の女の子が写っている。ヘソ出しセパレートタイプの衣装を纏い、各々が決めポーズを取っていた。中央で胸に手を当てている女の子のスマイルには見覚えがある。つい先ほど、引っ越しの挨拶で見たものと同じだ。

センターを務める少女の下には、【有須優月《ありすゆづき》（15）】と記してあった。

「アイドル……だったんですか」

「まだまだ売り出し中ですけどね」

駆け出しとは思えないほど、アイドルスマイルは違和感のないものだった。

「どうりで、俺よりはるかにちゃんとしてるなって思いましたよ」

「そんな。真守《まもり》さんもしっかりされてるじゃないですか」

「いやいやいや」

「いえいえいえ」

謙遜合戦が始まってしまった。経験上、こういうのは強引にでも打ち切らないと、いつまでも相手に気を遣わせることになってしまう。

「……この際、お互い敬語はやめにしない？　年齢も俺と一個しか変わらないみたいだし」

俺の提案に、佐々木さんは上目遣いで逡巡《しゅんじゅん》した後、小さく口を開く。

「……そう、だね。改めてよろしく、真守くん」

有須優月こと、本名・佐々木優月は、はにかんだ様子で手元のマグカップを寄せる。

先ほどスマホに表示されていたグループ名には、聞き覚えがある。

【スポットライツ】。

確か一年くらい前から、楽曲と振り付けがＳＮＳでちょくちょくバズっている五人組女性アイドルグループだ。そういえば音楽番組やバラエティで、この五人衆を二度や三度は見かけたかもしれない。既視感の正体はこれだったのか。

「倒れるほどにお腹《なか》を空《す》かせていた原因って、やっぱりスタイル維持のため？」

「まあね。私って太りやすい体質だから、油断するとすぐプニっちゃうの」

そう言って佐々木《ささき》さんは自身の二の腕をつまむ。適度に筋肉を蓄えた上腕は、引き締まっているように見える。

「とはいえ、そこまで自分を追い詰めるのはさすがにやりすぎだろう」

「体重がちょっと増えただけで衣装のサイズ直しが必要になっちゃうし、やっぱり可愛《かわい》く映りたいもん。写真や動画は、みんなの手元に一生残るものだしね」

男女問わず、成長期ともなれば身長や骨格は大きく変化する。体重が増加したからといって、イコール「太った」とは限らないのに。

「だけど、いくら何でも細すぎじゃないか？　ちょうど豚肉もあるし、何か軽く一品……」

「駄目だよっ。豚バラなんて脂もカロリーもたっぷりなんだから！」

口調には茶目っ気があるものの、明確な拒否の意志を感じる。

「上等な脂質はちゃんと栄養になるんだぞ？　ある程度は基礎代謝で消費されるし」

「そういう問題じゃないの。日々の油断が体重に現れていくんだから」

「限定品なのになぁ、本当に要らないのか？」

「い、要らないっ。豆腐バー食べてお腹《なか》いっぱいだし」

なんてわかりやすい嘘《うそ》だ。さっきから紙袋を恨めしい目で凝視しているのを、俺が気付いていないとでも？

「仕方ない。じゃあ豚バラは回収するか」

「……えっ？」

親に置き去りにされた子どものように、佐々木さんは急にシュンとした表情になる。

そんな顔をされたら、俺が悪者みたいじゃないか。

食べるのも嫌。取られるのも嫌。

ならば俺は、佐々木さんに一時でも喜びを与えられるほうを選びたい。そもそも食欲が人間の三大欲求と呼ばれるからには、気合いでどうにかなる問題ではないのだ。

「決めた。俺は作る！　作るぞ！」

俺は右手を握り、立ち上がる。

「だ、だから食べないって言ってるでしょ！」

これ以上の問答は無意味。俺は佐々木さんを無視して、キッチンに移動する。

こちらの覚悟を悟ったのか、俺の背中に叫び声が突き刺さった。

「私はアイドルの有須優月《ありすゆづき》よ。脂肪分の多い豚バラ肉なんて、絶対に食べないから！」

貴女《あなた》の言い分は理解した。とはいえ冷蔵庫に放置したところで食材が無駄になるだけだ。進むことも戻ることもできないというのなら、その迷い、俺が捨て去ってしんぜよう。

それに。

誰かが倒れるところを、もう俺は見たくないんだ。

☆　☆　☆

まずは薄切りの『プラティナムポーク』を包丁で五センチ幅にカットし、沸騰したお湯にくぐらせる。これにより余計な脂が落ちるので、バラ肉でもさっぱりいただける。

続いて、熱したフライパンに我が家から持ってきたごま油、ニンニクチューブ、生姜《しょうが》チューブをぶち込む。香りが立ってきたら、こちらも自宅の冷蔵庫にタッパーでストックしてあった、斜め切りのネギを投入。軽くしんなりしたところで、先ほど茹《ゆ》でておいた豚肉を加え、フライパンを時折ゆすりながらフライ返しで混ぜ合わせる。

背後のローテーブルをこっそり見やると、佐々木《さ さ き》さんは正座のままチラチラとこちらの様子を観察していた。まるで猫じゃらしに関心を示した野良猫のようだ。本能と警戒心の間でせめぎ合っている。やはり人は、肉と香辛料の魔力には抗《あらが》えない。

さて、そろそろ仕上げに移ろう。醤油《しょうゆ》、みりん、酒、中華調味料をミックスした特製タレを、肉の海に回しかける。ジュワアアア、という喝采とともに、食欲をそそるフレーバーが立ち込める。再び後ろをチラ見すると、先ほどより佐々木さんとの距離が五十センチほど縮んでいた。

これで具材《アタマ》は完成。次はお肉の絶対的バディである白米の用意だ。さすがに今から米を炊くわけにはいかないので、今回はパックごはんを使わせていただく。レンチンしたごはんを、真っ黒い丼の中央でお椀《わん》形に成形。間に海苔《のり》を挟むことも忘れない。そしてフライパンの肉をおたまでどっさり載せ、脇に口直し用のタクアンを二切れ添えたら……。

「すたみな豚丼、完成」

割りばしを用意して振り返ると、佐々木さんが慌てて離脱し、元の位置に戻る。

「ほら、熱いうちに食べな」

ほわほわと湯気が立ち昇った丼をテーブルに置く。

俺を見上げる佐々木さんは強く唇を噛《か》み、まるで魔物に捕まった気高き姫騎士のように、鋭く威圧的な眼差《まなざ》しを向けてくる。

「何度も同じこと言わせないで。私は絶対に食べたりしな」ぎゅうううううううううううううううううううううぅぅぅぅう。

廊下で聞いた時とは打って変わり、お腹《なか》の虫は本性を剥《む》き出しにしていた。佐々木さんはまるで電流が走ったかのように、がばっと腹部を押さえ、豚丼と見つめ合う。

ふと、俺の心に小悪魔が出現した。

「ほらほら、ブランド肉を使った豚丼だぞ〜。焼き目が香ばしいぞ〜」

「我慢……」

「肉はたっぷりあるからおかわりもできるぞ〜」

「我慢我慢……」

「味変用にマヨネーズや豆板醤《トウバンジャン》もあるぞ〜」

「我慢っ……！」

俺は、佐々木《ささき》優月《ゆづき》という女の子を心から尊敬した。

食欲旺盛な十代の少女が、肉に、白米に、丼に、懸命に抗《あらが》っている。食事という人類共通の楽しみを封じられる苦しみなど、俺には想像もできない。

「なら、切り札を使わせてもらうよ」

俺は右手に隠し持っていた、白き生命の権化を掲げる。

「……っ！」

佐々木さんは瞠目《どうもく》した。

直径五センチほどのそれは、単体ではさほど強大な力を持つわけではない。しかし料理に組み合わせることで、威力は数十倍から数百倍に膨れ上がると言われている。

その正体は、鶏卵だ。

まず俺は割りばしで、丼の中央に軽いくぼみを作る。次に卵をテーブルの角に当て、ヒビを入れたら、両手の親指を亀裂部分に添える。

突然、左隣から俺の腕を押さえる力が働いた。

「……やだ。待って、お願い……」

俺の腕を取る佐々木さんの瞳は、心なしか潤んでいた。

ごめん、佐々木さん。

卵を右手にパスして、フォークボールと同じ構えをする。

「やめて！　それだけは……」

親指、人差し指、中指の三本を外側に広げると、殻の内側から黄色い悪魔が降臨する。

ぽちょん。


瞬間、佐々木さんの心の防波堤は決壊した。


「あああああああああ――――っ!!」

佐々木さんは左手で器を押さえ、勢いのまま割りばしを豚丼に侵入させる。

箸で持ち上げた肉と米の塊を見つめる姿は、生き別れた家族との再会を連想させた。

「あ……あぁ……」

やがてその小さな口に、豚丼が吸い込まれる。上下の唇が合わさり、咀嚼《そしゃく》が始まった。

確かめるように、思い出すように、静かに味わっている。潤沢な肉の脂が、薄い桜色の唇をてらてらと濡《ぬ》らしている。

ごくりと飲み込んだ、次の瞬間。

「…………はあああああああああっっ♥♥」

豚の角煮にも負けないくらいのとろけた声が、佐々木《ささき》さんの口から漏れた。

「え……？」

突如響き渡る甘い咆哮《ほうこう》に、俺は戸惑いを隠せない。

「もう、無理ぃっ……♥」

振る舞いも、顔つきも、すべてが反転していた。食べるスピードは一気にアップし、玉子とタレが濃密に絡んだ肉&米が、我先にと佐々木さんの喉を滑り落ちていく。

「さっぱりかつ濃厚なバラ肉を、玉子がまろやかにコーティングしてくれているから、ごはんと一緒にするする入っちゃう……♥　ニンニクのガツンとしたパンチと生姜《しょうが》の爽やかさが追撃してきて、食べるほどに食欲が加速するの……♥」

グルメリポーター顔負けに、饒舌《じょうぜつ》になる佐々木さん。目は完全にイッてしまっている。

もしや俺は、とんでもない怪物を解き放ってしまったのだろうか？

「シャキシャキのネギにごま油の風味が加わって、奥歯を合わせるたびにふわっと香るのが心地いい……。ごはんの間に敷いた海苔《のり》もしっかり存在を主張していて、全員が引き立て合っているの……。玉子の黄色、お肉の茶色、ごはんの白。このコントラストは、もはやオーロラよね。ああ、まさか丼の内側で天体観測できるなんて……♥」

「…………」

「豆板醤《トウバンジャン》の味変もイイイっ♥　まろやかだった具材がピリッと引き締まって、また箸が進んじゃう♥　……と、胃袋を油断させておいて、マヨネーズで再びまろみっ♥」

　調理酒のアルコールはしっかり飛ばしたはずなのに、目の前に酔っ払いモドキがいる。

俺は両親の居酒屋で、こんなテンションのおじさんを何度も目撃したことがあった。

「ふふ、タクアンさんのことも忘れてないよ♥　ハーフタイム用にとっておいたの♥　うん、耳の奥で響くコリコリとした音が楽しいっ。甘さや塩気が控えめだから、大根の食感に集中できるね♥」

　二本の割りばしには、こぼれんばかりの豚肉とごはんが盛られている。佐々木さんはぐわんと大口を開け、俺特製のすたみな豚丼をせっせと口内へと運んだ。

　もりもり、しゃくしゃく、はぐはぐ。

　はふはふ、もぐもぐ、するする。

　もきゅもきゅ、かつかつ、こりこり。

　さふさふ、もくもく、かっかっかっかっ。

　からん。

「おかわりっ！」

　空の器を差し出す佐々木さんの口元には、米粒が付いていた。本人はそれに気付く様子もなく、二杯目の豚丼を要求する。見た目を重んじるアイドルが、まるで無邪気で向こう見ずな子どものような眼差《まなざ》しを向けてくる。

「はいよ、おかわり」

「ありがと！」

佐々木《ささき》さんは、大事な宝物を預かるように器を両手で受け取った。あるいは、さながら握手会でアイドルに手を差し出すファンのごとく。

俺の姿はもはや眼中にないようで、彼女の視線は丼に一直線だ。それだけ食事に集中してくれているのなら、本望である。

ぺろりと唇を舐《な》め、箸を持ち直す。二杯目だというのに、感動は微塵《みじん》も薄れていない。

「それでは改めていただきます……んふ〰〰♥」

口いっぱいに豚丼を頰張《ほおば》る佐々木さんは足をパタパタさせ、喜びを爆発させていた。

「豚肉もごはんもタレも、全部サイコ〜っ！」

これほど満喫してもらえるなら、作った甲斐《かい》があるというものだ。飲食店をやっている両親が、あそこまで仕事に傾倒する気持ちをようやく理解できた気がする。

「真守《まもり》くんは、すごいね」

突然、名前を呼ばれドキッとする。俺の存在などすっかり忘れていると思っていたから。

「食べた瞬間にわかったの。ああ、この人は心の底から私を喜ばせたいんだなぁって」

俺は目を見張ると同時に、料理を習慣化した経緯を思い返す。俺は、人にうまいメシを食べさせたかった。喜んでほしかったのだ。

これまでの人生で、俺は友人・知人に何度も料理を振る舞ってきた。みんな俺の作ったメシやスイーツを喜んでくれたし、やりがいもあった。でも、俺の料理ではなく俺自身に目を向けてくれたのは、佐々木さんが初めてだった。

「……どうして、そう思ったんだ？」

「わかるよ。私の仕事だって、人に喜んでもらうためにやってるんだから」

俺を褒《ほ》め称《たた》える佐々木さんの語りは、お世辞には聞こえない。その表情は、まるで聖母のように慈愛に満ちていた。

「丁寧に下処理された豚肉とか、食べやすい大きさのネギとか、ちょうどいい味付けの夕クアンとか。飲み込むたびに、真守くんの優しさが伝わってくるの」

なぜだろう。さっきから賞賛を受けるたびに佐々木さんの笑顔や仕草が鮮明になり、ますます目が離せなくなる。

「何度でも言うよ。真守くん、あなたはすごいっ！」

笑顔の佐々木さんに見つめられると、胸の奥に灯《とも》った熱が一気に燃え広がった。

心臓がやかましい。存在を主張するように、体の中心で声高に命を叫んでいる。

いやいや、嘘《うそ》だろう？　ただメシを作って、食べてもらっただけなのに。

佐々木さんは再び豚丼に意識を集中させる……というより、完全に心を奪われていた。

無我夢中で箸を動かし、ニコニコと目を細めながら咀嚼《そしゃく》し、飲み込む音すら楽しげだ。

そして最後の一口を放り込み、佐々木《ささき》さんは恍惚《こうこつ》とした声で呟《つぶや》いた。

「はぁ、幸せ……」

佐々木さんは、自身がアイドルであることを忘れてしまったかのごとく緩みきった表情をしていた。頰《ほお》を赤らめ、口は半開きで、目はとろんとしている。

幸せ。

無意識に口から漏れたであろうその一言は弓矢となり、俺の心臓を打ち抜いた。

真守鈴文《まもりすずふみ》、十六歳。間もなく高校二年生。

初恋の相手は、現役アイドルだった。

☆　☆　☆

「ああああ、やっちゃった……」

幸福の絶頂から急転直下、佐々木さんはテーブルに頭をぐりぐりさせていた。

「うう、真守くんのせいだ……！」

「ま、褒め言葉と受け取っておくよ」

卓上の食器を片づけながら、俺は精一杯の強がりをする。胸のドキドキは一向に治まる気配を見せなかった。

恨めしそうに睨《にら》んでくる佐々木《ささき》さんに、俺はようやく目を合わせ、ため息で応える。

「無理は禁物。それに、ほかのアイドルだって食事くらい普通にするだろ？」

食べるとは、趣味や娯楽である以前に、生きるために不可欠な行為だ。

しかし、何気なく放った俺のフレーズに、佐々木さんは眉根を寄せる。

「ほかの人と同じ努力じゃ、足りないから」

声がわずかに芯を取り戻す。

「私が目指しているのはアイドルの頂点なの。他人の何倍も何十倍も努力したって、たどり着けるかわからない場所。努力だけじゃきっと足りない。でも、だからこそ、できる努力は全部やりたい。妥協なんてしたくない」

まるで自分を鼓舞するような、強い口調だった。

「ウチの両親、アイドルの現場で知り合ったんだって。二人ともアイドルが大好きで、実家にはＤＶＤがいっぱいあるの。私も、幼い頃からライブＤＶＤを見て育ったんだ」

佐々木さんが語れば語るほど、言葉の熱量は増していく。

「小さい頃の私は、毎日が退屈だった。クラスの子が熱中しているテレビドラマも動画配信も、全然興味が持てなくて。だから放課後は時間を潰すために、実家の棚にあったアイドルＤＶＤを適当に選んで流し見してたの。画面に映る彼女たちはいつも笑顔で、歌もダンスも完璧で。はじめは暇潰しだったのに、いつしか夢中になってた」

魅力を滔々《とうとう》と語る佐々木さんは、推しを布教するただのファンのようだった。自身がアイドルでありながら、今もなおアイドルが好きで好きでたまらないのだ。

「優れた容姿だけじゃない。心に響く声、歌を引き立てるダンス、歌詞を体現する表情や仕草、大衆を魅了するスター性。全部がアイドルを輝かせる大事な要素で何ひとつ欠けてないからこそ、彼女たちは完璧なアイドルで、私たちはどうしようもなくそれに憧れる。彼女たちと同じステージで輝きたくて、私はアイドルになったんだ」

胸に手を当て、佐々木さんが目を閉じる。瞼《まぶた》の裏には、幾千ものアイドルたちの姿が浮かんでいるのだろう。

「アイドルはね、日本語で『偶像』って言うんだよ。信仰や崇拝の対象となるもの、あるいは憧れの存在。アイドルは、みんなの理想の具現化なんだ」

瞼が開く。佐々木さんの視線は、まっすぐに俺を捉えていた。

「私もそんなアイドルでありたい。眩《まぶ》しすぎて理性が霞《かす》むくらい、燦然《さんぜん》と光り輝くアイドルに。そのためにも、中途半端な真似《まね》はしたくない。食欲なんかに負けてられないの」

佐々木優月《ゆづき》は、アイドル・有須《ありす》優月として、みんなの期待に応えようとしている。その姿勢は素直に感服するし、俺も隣人として陰ながら応援したいとも思う。

「……でも、食事を疎《おろそ》かにするのだけは駄目だ」

俺がこぼした呟《つぶや》きを、佐々木《ささき》さんがそっとすくい上げる。

「どうして、そう思うの？」

声色に怒りはない。とにかく不思議で仕方がないという様子だった。

「……ありふれた話だよ。俺が小学生の時、父さんが栄養失調で入院したんだ。いわゆるブラック企業勤めでさ。毎日遅くまで働いて、ろくに食事もとってなかったみたいなんだ」

後で聞いたところによると、当時の体重は平均より十五キロも少なかったという。

「ある日の朝、玄関でいきなりぶっ倒れて、そのまま緊急入院。あの時は父さんが死ぬんじゃないかって、俺まで生きた心地がしなかった」

今は新商品の開発も兼ねてごはんはしっかり食べているみたいだし、母さんも一緒だからさほど心配はしていない。むしろ最近の父さんはぽっちゃり気味なくらいだ。

「別にもっと太れってわけじゃない。佐々木さんには一日三食きちんと食べたうえで、アイドル活動に臨んでほしいんだ」

「真守《まもり》くんが言ってることはわかるよ？　でもこれは、優先順位の問題なの。私にとっての最重要事項は理想のアイドルであり続けること。食事の優先度は最下位といっても過言じゃないわ。ごはんに時間を割くくらいなら、私は歌やダンスの練習がしたいの」

「なら俺に食事の面倒を見させてくれよ。朝昼晩きっちり用意するし、おやつだって付ける。とにかく、やせ我慢なんて駄目だ！」

恩を売ろうとかお金をもらおうとか、ましてやアイドルとお近づきになりたいとかってわけじゃない。単に、健康より優先すべきものなどないというだけの話だ。

だが、彼女は静かに首を横に振った。

「こんなの我慢のうちに入らないよ。明日からはサプリで栄養バランスにも気を配るし」

いつ再び倒れるかわからない問題児を野放しにしておくわけにはいかない。もし駅のホームや車の行き交う交差点で意識を失ったりでもしたら、今度こそ命が危ぶまれる。

「いや、でもさ……」

食い下がる俺に業を煮やしたのか、佐々木さんの目つきが険しくなる。

「もう、余計なお世話なの。放っておいてよ！」

ツン、と佐々木さんはそっぽを向き、空の器を手で押《お》し退《の》けた。

……はー、そうですか。二杯も食っておいて、そういうこと言いますか。

佐々木さんの真正面に座り、整った顔を見据える。

俺はこの子のファンじゃない。お隣さんとして、純粋に身を案じているのだ。ましてや好きな相手ともなれば、健康でいてほしいというのは当然の願いである。

「だったら無理にでも押しかけるぞ！　部屋に入れなければ置き配だって辞さない。いいのか？　朝昼晩、扉の前に置いていくぞ。週七で三食、欠かさずだ！　置くスペースがなくなったらポストに詰め込んでやる！　ポストが満杯になったら、宅配便で送りつける！」

中学校の卒業文集、『将来、口うるさい小姑《こじゅうとめ》になりそうなランキング』でクラスの全女子を抜いて堂々の一位に君臨した俺を甘く見てもらっちゃあ困るぜ。

「冗談……じゃなさそうだよね、その目つき」

「ああ、俺は本気だ」

心の中で、闘魂がメラメラと燃え滾《たぎ》っている。佐々木《ささき》さんに何を言われようと引き下がるつもりは微塵《みじん》もない。

「……そっか。うん、わかったよ。本気なんだね、真守《まもり》くんは」

佐々木さんは何かを決意したかのように深く頷《うなず》き、俺との距離を詰める。

そして、ゆっくりと右手を差し出してくる。

どうやら俺の熱意が届いたらしい。友好の証《あかし》に握手を交わそうというわけか。

俺が右腕を伸ばした瞬間。

「だったら……」

右手の自由が失われ、佐々木さんの両手に包み込まれる。

それはまるで、握手会の一幕のようで。

「鈴文を、私のファンにしてあげる！」

無敵の笑顔を湛《たた》えたアイドルが、目の前にいた。

「……はい？」

廊下で抱きかかえた時、陶器のように白く冷たかった手は、今や熱の塊だった。

滾る感情が奔流し、手のひらを通じて俺の心に流れ込んでくる。

「だーかーらー、私のファンにしてあげるの、鈴文《すずふみ》を」

「……いやいや、意味がわからん」

なぜ呼び方が変わっているのか。というか、好き嫌いで言ったらとっくに好きだし。

「ちなみに鈴文は、《ファン》の語源って知ってる？」

佐々木さんは、試すように唇の端を吊《つ》り上《あ》げた。

「え、《楽しい》の《Ｆｕｎ》じゃないの？」

「ブッブー。正解は、《熱狂的な人・狂信者》を意味する《Ｆａｎａｔｉｃ》でしたー」

不正解だというのに、むしろ佐々木さんは楽しそうだ。ちっちっちっ、と指を振る。

「アイドルの応援の仕方は自由。楽曲を聴くもよし、ライブや握手会に行くもよし、写真集を買うもよし。でもね、ファンは決して一線を越えないの。偶像と実像の境界線をちゃんと守って、ルールの中で楽しむのがファンのあるべき姿」

話の先が見えず、俺は首をかしげた。

「ファンが推しの健康を気遣って手料理を振る舞うなんて、言語道断。もっと言ってしまえば、単なるおせっかいなの。今の鈴文《すずふみ》は、《隣人》であって《ファン》ではない。対等だからこそ、あれこれ世話を焼こうとする。だったら、あなたを《熱狂的なファン》にオトしちゃえば、私のお願いなら素直に聞いてくれるでしょ?」

なるほど、盲信的なファンであれば大人しく従い、アイドルの私生活に立ち入ろうとは思わない。立場をわきまえ、適切な距離を保つのが模範的なファンの姿というものだ。もし身勝手に踏み込もうものなら、それはファンではなくただのストーカーである。

一応、筋は通っている。

だが佐々木《ささき》さんにはひとつの誤算があった。それは、すでに俺がアイドル・有須優月《ありすゆづき》ではなく、隣人・佐々木優月に恋心を抱いているということだ。

「……だったら俺は、優月のために毎日メシを作ってやるよ」

俺は握られた手をやんわりと解いて立ち上がり、目の前のアイドルをファーストネームで呼んだ。まるで、プライベートで親しい相手と接するように。

お前が俺をファンにオトすというのなら、俺はお前をメシで堕落させてやる。

命を削ってまで完璧なアイドルを演じるなんて、認めてたまるか。

「優月をメシ堕《お》ちさせて、俺のメシ無しじゃ生きていけなくさせてやる!」

頑固なラーメン屋のごとく腕を組み、俺はニヒルに笑いかけた。

「……つまり、徹底的に私とやり合うってことね？」

俺の宣戦布告を受け、佐々木さんの背後にもゆらゆらと闘志の炎が立ち昇り始める。

「成長期真っ盛りの女子に過度な食事制限なんてさせられるか。俺のメシで優月のプライドをバキバキにへし折って、ゆくゆくは自ら豚丼をおねだりさせてやるよ！」

佐々木さんは……優月は腰を上げ、俺の偽悪的な笑みに同じ表情で応えた。

「無駄よ。確かに今日の豚丼は大満足だったけれど、逆に言えば食欲はばっちり満たされたもの。私は二度と屈しないわ！」

「ってことは、またメシを持っていっても問題ないってことだよな？」

「え？」

一瞬の隙を俺は見逃さない。すかさず追撃を図る。

「だって屈しないんだろ？　それとも優月のアイドルとしての崇高な信念は、メシをちらつかせたくらいでたやすく折れるのか？」

「そ、そんなわけないでしょ！」

「弱気じゃないか。別に無理しなくていいんだぞ？」

「無理じゃないし！　いつでもウェルカムだし！」

よし、言質を取った。

「ふんっ、鈴文《すずふみ》こそ平気なの？　人気アイドルに迫られて、いつまで平静を保てるかしら？」

優月《ゆづき》は俺を指差した後、ふふんと鼻で笑う。

「望むところだ。アイドルムーブなんて軽くあしらってやるよ」

俺たちは互いを見据え、睨《にら》み合う。

「私は、鈴文をファンにオトす」

「俺は、優月をメシ堕《お》ちさせる」

これは、紛《まご》うことなき真剣な戦いだ。

勝者は一人。敗者は己の信念を曲げ、心を相手に捧《ささ》げることになる。

試合開始のゴングが鳴る。

こうして、アイドルと男子高校生の、ハートと胃袋を賭けた戦いが幕を開けた。

ROUND．2 「鈴文《すずふみ》も、早く忘れちゃおうよ」

あれから数年の月日が流れた。

俺は大学生になり、順風満帆なキャンパスライフを送っている。

今日は俺の二十歳の誕生日だ。学友たちからは次々と飲みの誘いのメッセージが来るが、「先約があるから」と断りを入れる。

すでに卓上には、料理が所狭しと並んでいた。脇にある白のスパークリングワインのボトルは、優月《ゆづき》が懇意にしている輸入食材の専門店から譲り受けたものだ。

「『口当たりが軽くて飲みやすいから、きっと彼氏さんも気に入りますよ』だって」

優月は照れくさそうに、グラスにワインを注《つ》いでくれる。

そう、俺と優月は恋人同士になった。

数年前の春休み、知り合ったばかりの優月に、俺はこう宣言した。

——優月をメシ堕《お》ちさせて、俺のメシ無しじゃ生きていけなくさせてやる！

ミッションは見事、果たされたのだ。

俺はグラスを傾け、人生初のワインを味わってみる。うん、確かに飲みやすい……気がする。ほのかな苦味もあるけど、ジュースっぽい。

「本当は高級レストランにでも連れていってやりたかったんだけどな。世間の目もあるし」

隣を見やると、優月が濡《ぬ》れた瞳で俺を見つめていた。

「ねえ、鈴文」

瞳だけじゃない。唇もしっとりとして、思わず吸い寄せられそうになる。

「……ちゅーしよ?」

「なっ！　いきなり何を……」

「嫌?」

「嫌ではない、けど……！」

付き合ってからというもの、俺たちはプラトニックな関係を貫いてきた。しかし俺が二十歳を迎えたことも後押ししているのか、今日の優月はやけに積極的だ。

「じゃあほら、ちゅ。鈴文からして?」

優月が目をつむり、顎を上げた。そして唇の中央を人差し指でとんとんと叩《たた》く。

白くてきめ細かな肌、すっと通った鼻筋、薄い桜色の唇。俺のメシを食べ続けた優月は健康的に成長し、女性としてもより魅力的な顔つきになった。

俺は優月の頬《ほお》にそっと触れた。冷たいような、温かいような、でも頬の奥には、確かな熱を感じる。

俺は薄い桜色の唇に、少しずつ自分の口を近づけていく。

あと十センチ。五センチ。四センチ。

鈴文《すずふみ》、朝だよ、起きて～。

あと三センチ、二センチ。

誰かが俺を呼んでいる。

一センチ……。


マンションの自室、ベッドの中。

パジャマ姿の俺は、ゆっくりと目を覚ました。

俺はスリープ状態から脱しきれていない己の頭を徐々に覚醒させ、自身の夢で主演を務めていた美少女を思い浮かべる。

五人組アイドルグループ・【スポットライツ】。

その絶対的エース・有須優月《ありすゆづき》、十五歳。

新潟《にいがた》県新潟市出身。身長一五四センチメートル。血液型はA型。

イメージカラーは黄。好きな食べ物はガレットとクレープ。

十二歳で【スポットライツ】の最年少メンバーとしてデビュー。優れた音楽センスと持ち前の高いアイドル意識、ひたむきな姿勢で徐々に頭角を現し、現在はグループのエースとして存在感を発揮している。

昨年にリリースされた、真似《まね》しやすい振り付けを取り入れた楽曲がSNSを中心に話題となり、注目を集める。以降は歌番組のみならずバラエティやドラマにも出演……。

ウィキを閲覧すると、プロフィールや経歴がつらつらと載っている。

「有須」なんてオシャンティーな名字を使っているが、これは芸名である。

本名は佐々木《ささき》。どこにでもいそうな、ありふれた名字。

そんなありふれた女の子が、俺のお隣さんである。

それにしても、昨日の今日であんな願望じみた夢を見てしまうとは。それだけ、優月との出会いは衝撃的だったのだ。

「……」

胸に手を当てると、どくん、どくんと、心臓が早いビートを打ち鳴らしていた。

『すずふみ〜、朝だよ〜、起きて〜！』

「はいはい、もう起きました……よ？」

どこからか、可愛《かわい》い声が聞こえてくる。

『ほら、今日はデートに行くんでしょ？　早く起きなさいっ！』

そんな予定あったっけ。うん、そんな気がしてきたかも。

『それともおうちデートがいいの？　このまま一緒に二度寝しちゃう？』

アリ寄りの提案だ。布団とは別の温《ぬく》もりを感じたい。でもそろそろ洗濯機を回さないと。

『……早く起きないと、ちゅーしちゃうぞ？』

はい、二度寝決定。

……なんて合いの手を入れられるくらいには頭が冴《さ》えてきたので、俺は枕元のスマホを手に取り、点灯した画面を見つめる。

『ね～早く起きてよ～！　一人でテレビ見ててもつまんないよ～！』

女の子の声はスマホから聞こえた。

アラーム音が変更されている。おそらく犯人はこの声の主だ。


――鈴文《すずふみ》を、私のファンにしてあげる！


昨日、優月《ゆづき》は俺の手を優しく包み込み、こう宣言した。

ファンは距離を弁《わきま》える。

ファンは推しのプライベートに立ち入らない。

ファンは推しのために手料理を作ったりなんかしない。

アイドルグッズのひとつ、目覚ましボイス。これも俺を《ファン》にオトすための作戦のひとつというわけか。そういえば昨晩、宣戦布告の直後、こんなやり取りがあった。

「ねえ鈴文。連絡先交換しようよ」

「いいけど……アプリの使い方がいまだによくわからないんだよな」

「じゃあ私がやっておいてあげる」

「そうか？　助かる。俺は洗い物してるから。ほい、スマホ」

「は〜い」

席を立つ直前、優月が歪《いびつ》な笑みを浮かべていたような気がしないでもない。きっと連絡先を登録するついでに、こっそり目覚ましボイスを吹き込んだのだろう。

なるほど、向こうは本気らしい。ならば俺も、全力でお前をメシ堕《お》ちさせてやる。

ひとまず、目覚ましボイスはもう五回聴いておいた。

☆　☆　☆

アイドルに春休みなど関係ない。ゆえに、優月の在宅時間はまちまちである。

早朝に出発する日もあれば、深夜に帰宅する日もある。仕事に限らず歌やダンスのレッスン、打ち合わせなどもあるので、スケジュールは分単位で埋まっているという。

だからこそ、栄養はしっかり摂《と》るべきなのだ。体は資本。健康は体から。

この日は夜の七時を過ぎたあたりで、８１０号室の鍵穴が回る音がした。アイドル様のご帰宅だ。適当にタイミングを見計らって料理を携え、隣室のチャイムを鳴らす。

やや間があって、モニターの奥から、「……本当に来た」という声が聞こえてきた。

それでも律儀に扉が開く。

「よ、夕飯を届けにきたぜ、優月《ゆづき》」

俺は努めて明るい声を出す。

「……だから要らないって言ってるでしょ」

対して優月のトーンは低い。風呂上がりなのか、ロングの黒髪は湿り気を帯びており、頬《ほお》がうっすら上気している。服装は白のＴシャツにドルフィンパンツというラフな格好だった。健康的な生脚に目を奪われそうになり、慌てて視線を戻す。

「そう固いこと言うなよ。ほら、わざわざオカモチに入れてきたんだぞ」

オカモチとは、昔ながらの中華料理屋が出前をするシーンなどによく登場する、銀色の正方形の箱だ。居抜き物件である、ウチの居酒屋の倉庫に置いてあったものを拝借した。

「ふんっ、同じ手は食わないんだからね。こっちは筋トレが終わったばかりなんだから」

仕事から帰ってすぐ、トレーニングをしていたのか。一日のハードスケジュールを乗り越えて、一刻も早く休みたいだろうに。

「スクワット五十回、腹筋ローラー三十回、オリジナルのシェイプアップトレーニングを三セット。これを朝と晩に毎日やるの。そして仕上げはコレ」

ふっふっふ、と得意げに取り出したのは、手のひらより一回り大きいシェーカーだった。

「プロテインドリンクで効率的にタンパク質を摂取。完璧ね」

強い意志を感じる。俺の来訪を承知したうえで、真っ向から迎え撃つという算段らしい。

「……まさかとは思うが、それが夕食とか言わないよな？」

半眼で凝視すると、優月はお腹《なか》を抱くように隠した。

「……これで昨日の豚丼はチャラよ。同じような不覚は、二度ととらないわ」

頰にうっすら朱を灯《とも》し、優月がギリッと睨《にら》み返してくる。今日の夕飯を節制することで、昨晩のカロリーを相殺するつもりなのか。

優月はシェーカーの蓋を開け、これ見よがしにプロテインをあおった。まるで風呂上がりにビールを堪能するオッサンのごとく、腰に手を当てている。

「ぷはーっ！　ごちそうさまでした！　ほら、鈴文《すずふみ》は早くおうちに帰りなさい」

しっしっ、と手で追い払うモーションをする優月。

目の前で偏った食事制限を見せつけられて、大人しく帰るわけにはいかない。

俺はオカモチの前面をスライドさせ、中身をお披露目《ひろめ》する。あらかじめ上段と下段を仕切る板は取り外し、その姿がよく見えるようにしてある。

「果たしてこれを目にしても、同じことが言えるかな……？」

楕円形《だえんけい》の器を縁取るのは、純白のホワイトソース。

その内側で、湖に浮かぶ幻の大陸のごとく存在を主張するミートソース。

紅白のソースの下には、黄金の輝きを放つサフランライスの財宝が眠っている。

「今日のメニューは、ミラノ風ドリアだ」

「ううっ！」

優月《ゆづき》が後ずさりをして、胃袋のあたりを手で押さえる。

これまでお高い料理を数々召し上がってきた人気アイドル様でも、ミラノ風ドリアの魅力はご存じだろう。

国民的イタリアンレストランの看板メニューであり、不動の人気ナンバーワン商品。中高生でも気軽に食べられる価格帯も、人気を支える要因となっている。

「ほらほら、ソースから手作りだぞ？　濃厚で滑らかなホワイトソース、牛もも肉をふんだんに混ぜ込んだミートソースの見事なマリアージュを、味わってみないか？」

「食べ……ないっ……！」

ミラノ風ドリアを網膜に映すまいと、両手のひらを突きつけてバリアを張る優月。大きな瞳はぎゅっと閉じられている。

ふっ、視界に入れなければ我慢できるって？

甘いんだよ、小娘が。

俺は左手に隠し持っていた、課金アイテムを取り出す。

アイテムの正体は、小袋に入った乳製品だ。短冊状のそれを、はらはらと表面にまぶす。

「このにおい……まさか、チーズ？」

俺はニヤリとする。

「キッチン借りるぞー」

「だ、駄目ぇっ！」

ずんずんとキッチンに侵入する俺を、優月は両手を広げて食いとめようとする。しかし俺はゴールテープを切るかのごとく通過し、部屋の奥に向かった。

昨日に続き、俺は勝手に女性の家に上がっていた。無論、後ろめたさがないわけではない。しかしこれは紛《まぎ》れもない真剣勝負だ。優月をメシ堕《お》ちさせるという崇高な目的を果たすためには、お行儀よく問答などしていられない。こうなったら行けるところまで行ってやる。

キッチンスペース、冷蔵庫の上にオーブントースターを発見。器を投入してレバーを回す。天井部が赤く灯《とも》り、チーズをじぶじぶと焦がしていく。

「あ……ああ……」

においにつられた優月がふらふらとキッチンに近づいてくる。俺は彼女の手を取り、ローテーブル前のクッションに座らせた。

チーン、という合図とともにオーブントースターを開放すると、においが一気に解き放たれた。俺は思わず喉を鳴らしてしまう。

テーブルに鍋敷きをセットして、熱々の器をライドオン。優月《ゆづき》は最後の抵抗とばかりに、再び瞼《まぶた》を閉じている。

「さあ、その目で確かめてごらん?」

耳元でささやくと、優月は体をびくんとさせる。そしておそるおそる開眼し……。

「ひぃぃ……」

ぶくぶくと泡を立てる紅白のソース。ステージで踊るは、程よい焦げを纏《まと》ったチーズたち。キツネ色の微笑《ほほえ》みを向けられて、抗《あらが》える者はいない。

ミラノ風ドリアは、焼くことで完成する一品である。

料理とは、味覚だけでなく五感で楽しむコンテンツなのだ。

俺は、ドリアにそっとスプーンを差し込んだ。サクッという軽快な音が鼓膜をソフトタッチする。中身をすくい、そのまま銀色の匙《さじ》を優月に握らせた。

「ほら、口を開けるんだ」

「や、やだ……」

限界まで腕を伸ばし、懸命にスプーンの先端を遠ざけようとする優月だが、手を放さない時点で本能では屈しているのだ。

「時間が経《た》つほどにチーズは硬くなり、風味も落ちてしまうぞ？　出来立ての今こそ、ドリアの最も魅力的な姿なんだ」

「要ら……な……」

「じゃあ訊《き》くが、なぜ唇をすぼめているんだ？　今にもふーふーしそうな口じゃないか」

「くっ……！」

優月の両耳が、羞恥でミートソースのように赤く染まる。

「わかるよ。アツアツの料理を前に、体が勝手に反応しちゃったんだよな。つまり優月の口はドリアを欲してるってことだ」

「……それは」

「自分の体を労《いたわ》ってあげようじゃないか。これは食事じゃない。そう、一種のボディケアなんだよ。風呂上がりのフェイスパックやストレッチと同じだ」

「そ、そうかな……。でも……」

声は芯を失い、ぐらぐらと揺らいでいる。ここまで来たらもうひと押しだ。

俺はトドメの一言を発する。

「特別に、チーズは増量しておいたからな」

「～～～～っ♥」

スプーンを握る手に力がこもる。

優月《ゆづき》はふーふーとドリアの表面を冷ましてから、スプーンを味覚の泉へと運んだ。

口に含んだ瞬間、それまで虚《うつ》ろだった瞳が一気に光を灯《とも》す。

「ミルキーかつキレのあるホワイトソース、酸味の利いたトマト、旨《うま》みが凝縮された牛肉、それらを優しく支えるサフランライス……。何より、焼くことで存在感が何倍にも膨らんだチーズ……♥」

瞳がさらに大きく見開かれ、スプーンが次の一口を求める。

「口の中で味、音、においが次々に繰り広げられて、まるでミュージカルを体験しているみたい……♥」

エンターテイメント視点でドリアの魅力を解説する優月。さすが現役アイドル。

俺がテーブルの片隅に二種類の課金アイテムを置くと、瞬時に横から奪われた。

ひとつは粉チーズ。ソースの上でトロトロになったナチュラルチーズに、優月が粉雪を舞い散らせる。

もうひとつはチリペッパーソース。優月が小瓶をシェイクするたびに真っ赤なソースがキャンバスを彩っていく。

「ガツンと濃い味のミートソースを、粉チーズがまろやかにしてくれるね♥　時間差で二回目をまぶすと、溶けたのとふわふわなのが合わさって、いろんな食感を楽しめるのも嬉《うれ》しいっ♥　チリペッパーソースがマイルドになったドリアをピリッと引き締めてくれて、いつまでも飽きずに食べられる〜♥」

　昨日も思ったのだが、食事中の優月は饒舌《じょうぜつ》になる。普段から食欲を抑えている反動が来ているのだろうか。アイドルよりグルメリポーターのほうが向いているんじゃないか？

「サフランライスってなんか特別な感じするよね。『ごちそう感』っていうのかな。トースターでカリカリになった部分も好きっ♥」

　頰《ほお》に手を当て、うっとりと目を細める優月。

　おっと、見惚《みと》れるあまり、つけあわせを出すのをすっかり忘れていた。

「ポップコーンシュリンプもあるんだけど食うか？」

「食うっ！」

　即答。大口を開けてぽいぽいと、お菓子感覚で味わっている。

「口当たりが軽くて、口の中でさっとなくなっちゃうからフォークが止まらないの♥　甘〜いオーロラソースとの組み合わせが癖になっちゃうね……♥　ん、こっちのオレンジ色のソースは？」

「頂き物のニンジンでこしらえたオリジナルのキャロットソースだ。砂糖・塩とオリーブオイルで味付けしてある。ほんのり食感も残した、食べるソースってやつだな」

「ん～、シャリっとした歯触りが面白いね。こっちのソースもハマっちゃいそう♥」

山盛りのポップコーンシュリンプは、みるみるうちに減っていった。なんだかペットに餌を与えている気分だ。

「……っていうか、横でそんなにジロジロ見られると落ち着かないんだけど……」

「天下無敵のアイドル様が、男の視線なんて気にするなよ。それとも、俺の前じゃアイドルではいられないってか？」

「そ、そんなことないし！　見てなさいよ」

フォークからスプーンに持ち替え、顔をキリッとさせる。

「さぁ、本日こちらに用意したのはミラノ風ドリア。早速いただいてみたいと思います」

グルメリポートもどきが始まった。俺の視線をカメラに見立てているのか、これ見よがしに匙《さじ》を掲げる。メシを立てつつも可愛《かわい》らしい笑みを浮かべており、ここまでは順調だ。

ところが、ひとたび口内にソースとサフランライスの旨《うま》みが広がると、優月《ゆづき》の表情が一気に崩れていく。目元や口元は、秘湯に身を委ねた瞬間のようにとろけきっていた。

「やっぱ無理～。ごはんに意識を持っていかれちゃうよ～♥」

俺は、アイドルの有須《ありす》優月をあまり知らない。もちろんテレビやネットで何度か見たことはあるが、特にハマるわけでもなく、今日までアイドルとは無縁の生活を送ってきた。

ただ今は、佐々木《ささき》優月に夢中であると断言できる。

「ごちそーさまでしたっ！」

なぜなら空になった器を見るたびに、俺の心は幸福で満たされていくからだ。

☆　☆　☆

「あああ……またやっちゃった……」

テーブルに頭をこすりつける優月。この光景も二日連続である。

「明日は家のドアも開けてあげないから！」

「おかしいなー。『いつでもウェルカム』とか言ってたのは誰だったかなー」

わざと意地悪な口調で言うと、優月は言葉を詰まらせた。

「有須優月は、常に完璧じゃないといけないのに……」

がっくりと項垂《うなだ》れる優月に、俺は問いかける。

「完璧であり続けることってそんなに重要なのか？　優月の努力を否定するつもりはないけど、息抜きも大事だろ。ここはステージの上じゃないし、カメラも回ってないんだぞ？」

「だからこそだよ。ステージ上で完璧なのは当たり前。真のアイドルは、朝に目が覚めた瞬間からアイドルなの。気を抜いた分だけ、ライバルとの差が広がっちゃう」

「そんなの……」

無茶苦茶《むちゃくちゃ》だ、とは言えなかった。現に優月《ゆづき》は引っ越しの挨拶をする俺にも、アイドルとして全力で振る舞っていた。自宅でさえ彼女は偶像に徹していたのだ。

「みんな、仕事で上を目指したり、部活や勉強に励んだり、毎日を一生懸命頑張ってる。でもいくら自分のためだって、人はずっと前だけを向けるわけじゃない。そんな時、みんなを支えられるのがアイドルなの。アイドルはね、みんなの心の応援団なんだよ？」

「応援団……」

仕事も、勉強も、人間関係も、時間すらも忘れて、純粋に「好き」という気持ちをぶつけられる対象がいたら、きっと人は大いなる安心を得られるのだろう。

「……でも俺は、優月が心配なんだよ。何事も限度ってものがあるだろ」

「別に無理してるわけじゃないの。私は自分の役割を全うするために、完璧であり続けたいってだけ。……だから鈴文《すずふみ》にも、負けっぱなしじゃいられない」

優月はいつの間にか、俺の右手を包み込んでいた。

突如、場の空気が一変する。

「――今日は、私のためにありがとね」

綿雲のように軽やかな声。雲間から覗《のぞ》く太陽みたいに燦々《さんさん》とした笑み。手を通じて伝わってくる、確かな熱。

目の前に、有須《ありす》優月が出現した。

突然の肉体的接触に、俺の心臓が早鐘を打ち始める。

「ふふ、照れちゃって、かーわい」

何度も言うが、俺は有須優月のファンではない。

だがこの不意打ちはマズい。緊張で、手の内側に汗がじわじわと浮かんでいるのがわかる。慌てて振り払おうとするも、優月の両手でがっちりホールドされていた。

「鈴文が私のファンになってくれるなら、放してあげる」

白く繊細な十本の指が、俺の右手を包んでいる。握手会なんてアイドル業界では定番中の定番だが、そもそも女の子と握手する行為自体、一般人の俺には日常から逸脱していた。

「……鈴文も、早く忘れちゃおうよ。お隣さんの食事係なんて、面倒な役割は」

優月が手に力を込める。可憐《かれん》な唇からささやかれる甘美な誘惑は、俺の心をじわじわと侵食していった。

今すぐこの手を握り返したい。

ただ、そうしたら俺は二度と優月との関係を《隣人》とは呼べない気がした。

「……だったら俺は、優月の応援団だ！」

俺は左手でテーブルにあるグラスをつかみ、優月の手の甲に当てる。

「冷たっ！」

一瞬、握力が弱まった。その隙に俺はやんわりと右手を放し、すかさず優月《ゆづき》の空いた手にグラスを握らせる。ちなみに中身は自家製のレモネードだ。

むぅ、と唇を尖《とが》らせる優月に、俺は平静を装って告げる。

「デザートにニンジンのタルトもあるからな！」

「……鈴文《すずふみ》の意地っ張り」

優月は不満顔のまま、ストローでちぅ、とレモネードを啜《すす》るのだった。

ROUND. 3 「どの辺が？　ねぇ、どの辺が？」

ある日、一家の大黒柱は何の脈絡もなく家の玄関でぶっ倒れ、そのまま病院に運ばれた。原因は過労と栄養失調だった。

はじめは大いに戸惑った。学校から帰ると、父さんが毎日のようにテレビをボーっと眺めているのだ。

母さんはフルタイム勤務だったので収入の心配はなかったものの、問題は食事だ。二人で夕食を取るようになってから、俺たちは買い置きの惣菜《そうざい》をシェアしていた。親子の会話など微塵《みじん》も存在しない。こんな状態で、体調不良から抜け出せるとは思えなかった。

そこで俺はネット動画を漁《あさ》り、見よう見まねで料理を始めた。最初に挑んだのは目玉焼き。綺麗《きれい》に焼けるまで四個を犠牲にした。カレーにも挑戦した。箱の説明書き通りに作ったはずなのに、ルゥはなぜかシャバシャバで、野菜は生煮えだった。

父さんは何も言わず、俺の失敗作を食べ続けた。毎日、毎日、毎日。

やがて休職期間最終日がやってきた。せめて俺は食環境だけでも改善し、父さんの人生にささやかな楽しみを作ってあげたかった。

俺は渾身《こんしん》の一品を提供した。これは日々の食事とは別に、自分の小遣いで買った食材を使って何度も練習したメニューだ。

その日もいつもと同じように、父さんは無言で俺の料理を口に含む。すると驚いたように箸を持ち直し、前のめりになって勢いよく食べ進めていった。

やがて最後の一口を飲み込み、父さんが言葉を漏らす。

「……うまかったなぁ」

血が通った父さんの声を聞くのは、実に数年ぶりのことだった。

テーブルには、米の一粒も残っていない、豚丼の器があった。


復職直後、父さんは会社を辞めた。さらに家に不在がちになった。

しばらく経《た》ったある日の夕食時、珍しく親子三人が食卓に揃《そろ》ったかと思えば、父さんの口から衝撃発言が飛び出した。

「今度、知り合いの居酒屋を譲ってもらうことになった」

家にいないと思ったら、お店で修業をしたり飲食関係の資格を取ったりしていたらしい。後に、父さんに訊《き》いてみた。なぜ料理の『り』の字も知らない男が、飲食業に興味を持ったのかと。

「鈴文《すずふみ》の手料理を食べて、思ったんだよ。おれも、自分のメシで誰かを幸せにしたいって」

父さんは、俺の頭をくしゃくしゃに撫《な》でながら笑った。

食は、人を幸福にする確かな筋道だ。

だからこそ、彼女を放っておくわけにはいかない。

☆　☆　☆

春休み最終日。惰眠をむさぼる俺を覚醒させたのは、チャイムの音だった。

「はーい」

パジャマ姿のまま瞼《まぶた》をこすり、玄関に向かう。宅配業者だろうか。

たまに父さんは、自宅に大量の食料を送りつける。「コレおすすめだからお前も食べてみろ！」という手紙とともに。時にはブランド肉、時には有機野菜、時には限定スイーツ。

気持ちはありがたい。問題は、到底一人では食べきれない量が届くことだ。ゆうに十人前はあろうかというボリュームで梱包《こんぽう》されても、こっちは消費するのに一苦労である。

サンダルを履き、扉を開ける。

「おはよ、鈴文」

目の前に現れたのは810号室の住人、佐々木優月《ささきゆづき》だった。

「もう八時だよ。まだ寝てたの？」

隣人は、授業中に居眠りをする教え子を注意する教師のような目を向けてくる。

「……おはよう、優月《ゆづき》」

なるほど、目覚ましボイスに飽き足らず、直接俺を起こしにきたってわけか。

服装はシャツにショートパンツ。すらっと伸びた脚が眩《まぶ》しい。

「俺はずっとさっきから起きていました」

「返事が自動翻訳みたいになってる」

そりゃ、平日だったらとっくに起床して朝食も済ませている時間だが、まだ春休みは終わっていないのだから、咎《とが》められるいわれはない。

「もう仕事に出発か？　人気者だな」

「むしろ今日は遅いほうだよ。それよりはい、これ」

優月は一冊の本を差し出してきた。表紙には、ベッドでうつ伏せになった美少女が正面から写っている。

「今日発売の、私のファースト写真集。鈴文《すずふみ》にあげる」

表紙の優月はフェミニンな表情を浮かべ、こちらを見つめている。実際にベッドで同衾《どうきん》しているような気分になり、心臓が大きく跳ねる。眠気はとうの昔に吹き飛んだ。

「予約の段階で重版かかってるから、きっと本屋で探しても今すぐは入手できないよ？」

表紙の帯には、「ショッピング、ディナー、海水浴……。【スポットライツ】不動のセンター・有須《ありす》優月のバカンスに密着！」と書かれている。

「あっ、そろそろ時間だから行くね」

写真集を俺の胸に押し付けた後、優月は唇をそっと俺の耳元に寄せる。

「……いっぱい楽しんでね？」

耳がくすぐったくなり、思わず距離を取る。優月は不敵な笑みを浮かべた後、ひらひらと手を振ってエレベーターに向かっていった。

俺は耳元を押さえたまま、玄関で優月を見送る。

……楽しむって、春休みのことだよな！

そうでも自分に言い聞かせないと、胸のドキドキは治まってくれそうになかった。

☆　☆　☆

午前中は洗濯と掃除と買い物を済ませ、クリーニングに出した制服を引き取った。午後は残りの荷ほどきを終わらせるついでに、防災用避難袋の保存食を詰め替える。あとは録《と》り溜《た》めた番組を視聴したり、ベランダの家庭菜園の手入れをしたり。

夕方に差し掛かると、いよいよやることがなくなってきた。なくなってしまった。

「……」

俺は自室に戻り、ベッドで正座をする。手元には、今朝受け取ったばかりの写真集。

写真集というのは、いわば「可愛《かわい》い」の詰め合わせだ。つまり向こうのフィールドに踏み入るということ。俺をファンにオトそうとする優月《ゆづき》にとって、渾身《こんしん》の一手に違いない。

俺にとっての最善手は、写真集を開かずに封印すること。だがそれは優月に失礼だし、ぶっちゃけめちゃくちゃ見たい。だって絶対に可愛いもん。

深呼吸を繰り返し、意を決して表紙をめくる。

最初に目に飛び込んできたのは、公園のような場所でぶらぶらと散策する様子の優月だった。服装は白のTシャツにスウェットパンツ。スポーティでカジュアルな雰囲気を演出している。

ページをめくるたびに、オーバーオールだったり、メイドのコスプレだったり、華美なドレスだったりと、様々な顔を覗《のぞ》かせる。

写真集は中盤に突入し、ビーチのシーンに移行する。優月はTシャツの裾を腰の位置で絞り、おへそを露《あら》わにしている。シャツがぴったり密着することで、胸とくびれのメリハリが強調されていた。

——いっぱい楽しんでね？

優月に耳元でささやかれた言葉がリフレインし、頭がくらくらする。

深読みしてはいけない。写真集は結局のところ、美術館に展示された絵画と一緒だ。マナーを守って鑑賞し、造詣を深める以外に目的はない。動じるな、動じるな。

荒くなりそうな呼吸を整え、さらにページをめくる。

「……っ！」

そこには、水着姿の優月がいた。

快晴の空と、エメラルドグリーンの海にも負けない、青色の水着を纏《まと》った少女。フリルをあしらった、ふたつの三角の布の中央には、異性のシンボルでもある胸の谷間がくっきり写っている。小さすぎず大きすぎず、ちょうどいいサイズ感。パンツの部分はパレオになっており、可愛らしいだけでなく常夏感も演出している。

恋焦がれている相手のビキニ姿。ああ、まずい。これ以上は、色々と。

俺は写真集を閉じ、机の下段にしまった。慌ててキッチンに移動し、冷蔵庫の冷えた緑茶を一気に飲み干す。頭にキィン、と凍った感覚が宿り、煩悩を振り払うことに成功した。

おそらく優月は、俺のこういった反応を見越して写真集を渡したはずだ。悶々とすればするほど、相手の思うつぼである。これ以上ページをめくるのは危険だ。

「ただいま～」

隣の家から帰宅を知らせる声と、扉を開閉する音が聞こえた。

助かった。ここは攻めに転じるためにも、夕食の支度に取りかかるとしよう。

今夜のメニューは、焼きそばだ。

まずは野菜の準備から。キャベツはざく切り、ニンジンは短冊切りに。モヤシやタマネギ、キノコ類を入れるのもアリだが、具材が多すぎると味にまとまりがなくなってしまうので、焼きそばを作る際、肉以外の具材は二種類までに制限している。
　野菜のカットが終わったら、熱したフライパンにラードを投入。普通の油でもいいけれど、ラードを使うことで食べごたえがグッと増すのだ。豚こま肉と野菜を適度に炒《いた》めて、ほぐした中華蒸し麺を入れる。

　具材とそばを混ぜた後、専用のソースを回しかけて、全体になじませる。また隠し味にオイスターソースを加え、コクを出す。ここからさらに火を強くして、ほんのり表面をカリッとさせる。あとは食べる直前に青のりや鰹節《かつおぶし》、天かすをまぶしたら完成だ。もちろん紅生姜《べにしようが》も大盛りで。

　調理時間は三十分にも満たなかったものの、良《い》い気分転換になった。

　もはやビキニ姿の優月《ゆづき》の記憶は、遥《はる》か彼方《かなた》だ。程よいサイズの胸も、愛らしいおへそも、セクシーなくびれも、キュッとしたお尻も、ちっとも脳裏に焼き付いてなどいない。

　ベランダの戸が開く音がしたので、挨拶代わりに換気扇を点《つ》けてやる。焦げたソースのにおいに今から悶《もだ》えるといい。

　先ほどはまんまと術中にはまってしまったが、今度は俺のターンだ。ボリューム満点の焼きそばで、今宵《こよい》もお前を満足させてやるぜ。

　この時の俺は、そんな呑気《のんき》なことを考えていた。

数十分後、俺は男としての一線を越えることになる。

☆　☆　☆

例によって俺はオカモチを携えて、隣室のチャイムを鳴らす。

今日の作戦はこうだ。まずはオーソドックスに熱々の焼きそばを差し出す。前日のミラノ風ドリアよろしく、目の前で青のりや天かすをまぶすパフォーマンスも忘れない。この段階ではまだ屈しないだろうから、すかさず二の矢を放つ。

焼きそばと別に用意したのは、白米。なにも焼きそばをおかずに白飯を食えというわけじゃない。それはそれでおいしいけど、俺がやろうとしているのは「そばめし」だ。細かく刻んだ焼きそばとライスを炒めた、神戸《こうべ》発祥のB級グルメである。焼きそばと味の差別化を図るために、仕上げに魚粉を散らす予定。

完璧な計画だ。口直し用に、ほうれん草のお浸しもオカモチの下段に備えている。

玄関の扉が開く。今日の優月は、プロテインは所持していない。つまりノーガード。

「夕食を作ってきたぞ。今日の献立は焼きそばだ。一緒に食べよう」

にこやかに夕食を持ってきた俺に、優月はため息で応えた。

さあ、いつものように抵抗してみろ。こちとらあらゆるパターンを想定済みだ。

しかし彼女の口から発せられたのは、意外な一言だった。

「……どーぞ」

「え？」

今、「どうぞ」って言ったか？　あの優月《ゆづき》が、俺を迎え入れただと？

どういうことだ。昨日、一昨日と俺が料理を差し出した瞬間、優月は顔を歪《ゆが》ませて必死に抗《あらが》ってきた。なのに、今日はやけに大人しく俺を受け入れるじゃないか。

俺は首をかしげながらも、案内されるがままリビングに到達した。オカモチから焼きそばを盛った銀色のプレートを出した時も、優月はごくりと喉を鳴らしつつも、どこか今までと違った面持ちだった。まぁいい。俺は俺の任務を全うするのみ。ローテーブルの上で焼きそばに各種トッピングを散らした後、手で促す。

「今回はもちもち食感を楽しめるよう、太麺をチョイスしたぜ。野菜も大きめにカットして、シャキシャキとした歯ごたえを残してある」

「……昨日、一昨日の敗因をずっと考えていたのよ」

優月は毅然《きぜん》とした態度で、プレートを俺の手元へ押《お》し退《の》ける。

「豚丼もミラノ風ドリアも、家で作れないことはないけれど、基本的にはお店で注文しないとちゃんとしたものは食べられないわよね。その希少性に、私は屈したの」

「あ、あぁ」

「でも今日の焼きそばは違う。先の二品に比べて家庭でも手軽に作れるし、野外フェスやケータリングで食べるチャンスはいくらでもある。つまり、今じゃなきゃ堪能できないメニューではないのよ！」

びしっと俺に人差し指を向ける優月は、まるでミステリーで犯人を言い当てる名探偵だ。

なるほど、レア度の低い焼きそばであれば、目の前に出されても誘惑に打ち勝てると踏んだわけか。だから素直に俺を家に上げたんだな。

つくづく思う。見通しが甘すぎるのだ、このアイドル様は。

「この中華麺、父さんたちの店でも使ってる商品なんだよな。製麺所から卸してもらった割高なやつだし、巷《ちまた》ではそうそう食べられないと思うぞ？」

「……え？」

優月の顔から余裕が消える。

「挽《ひ》き方《かた》や産地にこだわった、四種類の小麦粉をブレンドしてるんだってさ。『しなやかさと噛《か》みごたえを両立させた、まさしく神麺』なんてキャッチコピーも付いてるくらいで」

「か、神麺……」

声の強度が急激に低下する。だが優月は煩悩を払うように、激しく首を左右に振った。

「神が何よっ！　今じゃなくたって、今後も機会はあるし！」

「残念。この製麺所、後継者不足で夏に廃業予定なんだと」

だから父さんはこれまでのお礼も兼ねてここ数か月、大量発注を繰り返している。店でも焼きそばはシメの一品として大人気らしい。

「う、ううるさい！　今日という今日こそ、私は負けないんだから！」

論理的抵抗は不可能と悟ったのか、優月《ゆづき》は気合いと根性という最後のカードを切る。

「焼きそばなんて糖質の塊じゃない！　こんなアンチダイエットメニュー、食べたいなんて微塵《みじん》も思わないわ！　茶色に染まった麺も、焦げたソースのにおいも、たっぷりのお肉も、瑞々《みずみず》しい野菜も、卓上のトッピングも、私をメシ堕《お》ちさせるには力不足よ！」

「……ん？」

「確かに太麺はコシが強くて小麦の風味も感じられるし、ソースによく絡んで焼きそば向きと言えるわね！　ちなみにその製麺所でロカボ麺とかは扱ってないのかしら!?」

「いや、ないと思うけど……」

「あっそう！　ところで麺だけじゃなく、具材を大きめに刻んで存在感を出しているのも私好みよ！　だからどうしたって話だけど！」

まさか優月、この数十秒でもう屈しかけてる？

待て待て。俺を家に招いた時点での強靭《きょうじん》な意志はどこへ行った。

いや、この短期間で心変わりした理由は推察できる。製麺所のオリジナル麺だけじゃない。優月は先ほどから焦げたソースのにおいを、強制的に吸引させられているのだ。焼きそばの芳醇《ほうじゅん》なスモークを浴びせられて、平静を保ち続けられる者は少ないだろう。

試しに俺は、焼きそばのプレートを押し返してみる。

優月はそれをリターンする。

再度、俺から優月のもとへ押しつける。

プレートはもう、こちらへは戻ってこなかった。

ここが仕掛け時と判断し、俺は声を張る。

「さあ、熱いうちに食べようか！　両手を合わせまして〜！」

「う、うぅ……」

優月も少し遅れて割りばしを握り、手を合わせた。

「いただきます！」

「いただきますぅ……」

はい、本日も勝利。ちょろいもんだぜ。

優月はためらいながら、半口分の焼きそばを口に含む。

ゆっくりと咀嚼《そしゃく》しているうちに、表情が徐々に明るくなっていく。

「……もちもちだぁ……♥」

続けてもう一口。割りばしで豪快につかんだ焼きそばを、今度は一気に啜《すす》る。

「表面はカリッと、中はもっちりした麺が、濃厚なソースに絡んで最っ高♥　さすがは神麺……♥　豚肉はしっとり、野菜はシャキシャキで、口の中のバランスもちょうどいいね」

「だろ？　焼きそばには自信があるんだ」

「なんか具材がジューシーなんだよね。もしかして、炒《いた》める時にラード使ってる？」

「ふふ、ご名答」

「だから本格的な鉄板焼き屋さんの味がするんだね♥」

俺も一口。うん、上出来だ。具材も麺も焼き加減バッチリ。味の濃さも申し分ない。

優月《ゆづき》に食べさせることにも成功して、気分が良《い》い。

戦績は今日まで三戦三勝。このまま行けば、完堕《お》ちの日も近そうだ。

「それにしても、鈴文《すずふみ》がこんなに喜んでくれるとは思わなかったなぁ」

ちゅるん、と麺を口元で踊らせ、優月が呟《つぶや》いた。

「……何の話だ？」

優月は唇の端を吊《つ》り上《あ》げた後、両腕をクロスさせてシャツの裾をつかむ。

「……おい、優月？」

その動きは本来、脱衣所でするものだった。

透明感のある素肌が露《あら》わになる。きゅっと絞られたくびれ、可愛《かわい》らしい縦長のおへそ。

程よく膨らんだ胸部を支える、フリルの付いた水色の布。

優月は、シャツの下に水着を着用していた。

「お、おまっ！」

先刻、写真集で眺めた光景が眼前にあった。

海。水着。砂浜。屋台。海水浴。旅行。焼きそば。海の家。食事。

頭の中で様々な単語が飛び交い、やがてひとつの仮説にたどり着く。

「まさか……！」

俺は佐々木《さ さ き》家リビングの棚にある、献本と思《おぼ》しき数冊の写真集のうち一冊を拝借し、先ほど中断したページの続きをめくった。

「……っ！」

優月が、海の家で焼きそばを食べていた。

「そんな馬鹿な！」

俺は意図せず、写真集を再現してしまったというのか？　数ある料理の中からたまたま焼きそばをチョイスする確率なんて、到底数字で表せるものではない。

いや、あるいは海や水着といった夏真っ盛りの光景を目に入れたことで、無意識に選択に影響を及ぼしていたのかもしれない。でも、俺が焼きそばを作ってくると知らなければ、優月だって水着を仕込むなんて発想はなかったはずだ。

「さっきベランダに出たら、ソースのいいにおいがしたんだよね。あ、こりゃ写真集を見て焼きそば食べたくなったんだなって確信したよ」

そうだ、訪問前にジャブのつもりで換気扇を回したのは俺じゃないか。

あの時点で、俺はまだ件《くだん》のページにはたどり着いていなかった。しかし優月《ゆづき》からすれば、その考えに至るのは自然だ。香りで先制攻撃を仕掛けるつもりが、逆にカウンターを招いてしまった。優月は焼きそばに乗じて、水着姿で俺を悩殺するつもりなのだ。

「で、どう？　写真集と見比べてみて」

優月は焼きそばを脇に避《よ》け、ニヤニヤと視線を投げかけてくる。

「や、その……」

両手を膝に置いているから、自然と胸を寄せるポーズになっており、谷間が強調される。

「さっきまで写真集でじっくり見てたくせに、ムッツリ鈴文《すずふみ》」

ニヤ〜、という効果音が聞こえてきそうなほどの、挑戦的な笑み。

その顔はよせ、マジで照れる。というか色々マズい。

「ね、感想は？」

心の各種ブレーキを一斉に作動させ、なんとか言葉を選んで絞り出す。

「……健康的で、非常によろしいかと」

「どの辺が？　ねぇ、どの辺が？」

テーブルに身を乗り出して、優月がぐいぐい訊《き》いてくる。そのせいで、ふたつのふくらみが急接近してきた。その辺だよバーカ！

まともに取り合って勝てる筋道が見えない。さっさと食事を終えて退散しなければ。

こちらが無視を決め込むと、優月はムッとした表情を浮かべ、俺の手を取り立ち上がる。

「ちょっとこっち来て」

珍しく強引な態度だった。俺は反論する間もなく廊下に連れ出される。

そのまま連れ込まれたのは、廊下の脇にある一室だった。ここは寝室のようだ。

室内はベッドからカーテンまで白で統一されており、神秘的な雰囲気を漂わせていた。

優月は俺に背を向け、ショートパンツを脱ぐ。水色の生地に覆われた小ぶりなお尻が現れた。写真集とは異なりパレオは付けていないので、お尻の形がはっきりわかる。

部屋の奥、横向きに置かれたベッドに優月は寝転んで、右手で頭を支える。いわゆる涅《ね》槃《はん》像《ぞう》のポーズ。だが優月がすることで、清純派のキャンペーンガールのような気品を醸し出す。

「写真集ではこんなベッドシーンもあるんだけど、知ってた？　それとも照れちゃって最後まで読めなかった？」

横たわった優月は、こちらに妖艶な流し目を送ってくる。寝具と水着というミスマッチ感が、俺の本能を激しく揺さぶった。

「……どう？　ドキドキする？」

心なしか、優月の声は湿り気を帯びていた。

すらりと伸びた手足、きめ細かな白い肌、引き締まった腹筋。

俺の作った料理が、そのお腹《なか》に入っている。想像すると、体がむずむずした。

こちらの視線を察したのだろう、優月《ゆづき》はお腹を撫《な》でながら、こんな提案をする。

「触ってみる？」

つま先からつむじまで、細くうねった蛇が這《は》いずり回《まわ》るような感覚。

断らなければ。そもそもこんな行為、アイドルとして一線を越えていやしないか。

「……いい、のか？」

だが理性に反し、俺の口は確認を取っていた。

「どーぞ」

優月は体を起こし、ベッドの手前側で女の子座りになる。

俺はベッドの前で跪《ひざまず》いた。視界が、優月のお腹と太ももで埋め尽くされる。

震える右手で、ゆっくりと優月のお腹に触れる。

「んっ」

頭上で、小さな声が漏れた。

「うわ……」

なんだこれ。白く透明感のある肌に、指が吸い込まれていく。指先から伝わった熱が、電撃となって脳内を迸《ほとばし》る。腹部に侵食した指が、たちまち溶けてしまいそうな錯覚に陥る。

「ふふっ、衣装でお腹出すから、頑張って鍛えてるんだよ。もっと確かめて？」

優月が俺の手首を取り、お腹に押し当ててくる。俺は反射的に手を引っ込めようとするが、強い力で押《お》し留《とど》められた。

「ちょ、ま、待て！」

「だーめ。ほらほら」

手のひらを通じて、思考がじんわり侵されていく。頭の片隅で本能が牙を剥《む》き、理性が食い殺されそうになる。このままの状態が続いたら、下半身に血液が集中してしまう。

「写真集のカメラアングルも再現してみよっか。ベッドでごろんして」

手を引かれるまま俺はベッドに上がり、二人で転がった。優月が右側で、俺が左側。恋人と添い寝するような距離感に、心臓が早鐘を打つ。

「はい、もう一回」

再び右手で優月のお腹に触れる。油断したら、すぐに意識が飛びそうだった。

「もう、恥ずかしがっちゃって。可愛《かわい》いな～」

油断したら唇がくっつきそうな距離だ。かかる吐息がくすぐったい。いくら俺をファンにオトすためとはいえ、さすがにやりすぎだ。

とはいえ、この魔力には抗《あらが》えそうになかった。優月はこそばゆいのか、俺が指を這わせるたびに体をくねらせ、小さく声を漏らす。その声がもっと聞きたくて、俺は優月の腹をなぞっていく。シーツの擦れる音。潤んでいく瞳。徐々に荒くなる呼吸。

でもこうして触っていると、柔らかさだけじゃなく、きちんと硬さも併せ持っているのがわかる。これだけの筋肉を蓄えるのに、どれほどの年月を要したのだろうか。

俺も見習って筋トレでも始めてみようかな。アブローラーってどこで買えるんだろう。

「……ねえ」それにしてもこの腹筋は見事だ。芸術品と呼んでも差し支えないほどに。

「……ちょ、鈴文《すずふみ》」素人が間違った方法でトレーニングしても効果は薄いから、やっぱりプロのレクチャー動画は必須だよな。「もうそろそろ……」ついでにプロテインも調べてみるか。「鈴文、そこは、あっ」家に帰ったら写真集を改めて熟読しなけれ「ねえってば！」

視線を上に戻すと、優月《ゆづき》は顔を真っ赤にしていた。

ふと、自分の手元を見る。俺の右手は優月のおへそのやや下にまで達していた。

「もうおしまい……」

「ご、ごめん……」

羞恥に見舞われた優月の声は、消え入りそうなほどに小さかった。

「……」

「……」

微妙な空気が流れる。

「お、俺、今日はもう帰るな！」

「う、うん！　また明日ね！」

食器を回収することも忘れて、俺は佐々木《ささき》家を飛び出した。

★　★　★

鈴文が部屋を出ていった直後。

私は一人、ベッドに転がりながら身悶《みもだ》えしていた。

やりすぎたあああああああああ！

あんなのただの変態じゃん！　いくら鈴文をファンにオトすためとはいえ、自ら水着姿になって、お腹を触らせるなんて。男の子相手に一体何をやっているんだ、私は！

先ほどの一幕は写真集の再現というより、もはや単なる暴走だった。途中で変な声も出ちゃったし、絶対にキモいって思われた……！

「あああああああああああああああっ！」

枕に顔を埋《うず》め、両足をバタバタさせる。

思い出すだけで、顔から火が噴き出そうになる。

だってだって！　鈴文に負けてばっかで悔しかったんだもん！　いい加減、鈴文を打ち負かして、優越感に浸りたかったんだもん！

ベッドの左端で仰向《あおむ》けになると、鈴文《すずふみ》が残した温《ぬく》もりが背中に伝わってくる。

「……はぁ……」

明日から、ちゃんと顔を合わせられるだろうか。

この水着は、撮影時の衣装を買い取ったものだった。今年の夏は一度くらいプールに行こうと思って。だがこれを着たら、今日の出来事を思い出して悶《もだ》えてしまいそうだ。とはいえ違う水着を着ていったら、鈴文に自意識過剰って言われるかもしれないし……。

「って、なんで鈴文と一緒に行く前提なのよ！」

セルフツッコミを入れた後、背中の紐《ひも》に手を回す。

今日はもうこのままシャワーを浴びてしまおう……。

ROUND. 4　「来ないでほしい」

桜の花は新生活の象徴と思われがちだが、東京《とうきょう》では春休みが終わる頃には大部分が葉桜に変わってしまう。思えば去年のこの日も、写真映《ば》えのしない景色だった。

今日は都立織北《おりきた》高校、入学式の日である。

この春休みは短いようで濃密だった。

初めての引っ越しは想像以上に体力を消耗した。一番の原因は、荷ほどきの九割を俺が担ったことだ。忙しい両親に代わって自ら申し出たとはいえ、さすがに疲れた。

そして引っ越し以上の衝撃。お隣さんは、人気アイドルでした。

それだけならまだしも、毎日食事を振る舞う関係になろうとは、一年の終業式の日には想像もつかなかった。

日々、隣人に手料理を提供している俺ではあるが、自分の食事となればさすがに簡素なものだ。今朝の献立はバタートースト、ミニサラダ、ブラックコーヒー、以上。

もそもそとトーストを齧《かじ》っていると、朝のニュース番組で芸能コーナーが始まった。

「人気アイドルグループ・【コメットハンター】のリーダー、矢本命《やもとみこと》さんの熱愛疑惑について、続報です。所属事務所によると、矢本さんは現在妊娠三か月であり、本日付けでグループの脱退が決定しました。矢本《やもと》さんは自身のSNSで、『わたしの軽率な行動により、メンバー及びファンに迷惑をかけ、申し訳ありません。このたびリーダーとしての責任を取り、グループを脱退する運びとなりました。今後は陰ながらメンバーを応援したいと思います』とコメントしており……」

熱愛、卒業、結婚、妊娠。こういった報道に対し、ファンはどう思っているのだろう。

俺の疑問に答えるように、古参ファンを自称する中年男性のインタビューの様子が流れた。彼は矢本命《みこと》一筋で、年収のほとんどを推し活に費やしていたらしい。だが週末に熱愛疑惑が報道されてからというもの、勢いのままグッズをすべて処分してしまったそうだ。「生きる希望を失った」という失意の言葉で、取材は締めくくられた。

俺は優月《ゆづき》が好きだ。料理をおいしそうに食べる優月が好きだ。

だが、このような結末を迎えるのだけはごめんだ。俺の目的はあくまで「メシ堕《お》ちにより、過剰な食事制限に歯止めをかける」ことであり、熱愛発覚によるグループ脱退や芸能界引退は望んじゃいない。そもそも、優月は男なんかになびいたりしないだろう。

……あれ、だとしたら俺も詰んでないか？

☆　☆　☆

クラス替えの結果、俺の所属は二年A組となった。

前年度も同じクラスだった前の席の友人・穂積《ほづみ》と駄弁《だべ》っていると、後ろの席で女子が小さく悲鳴を上げる。

声のしたほうを見やると、机の上にボタンが転がっていた。どうやらブレザーの留め具が取れてしまったらしい。

俺はあたふたしている女子に話しかけた。

「良かったら、直そうか」

「え？」

白のカチューシャを付けた女子は、初対面の男子にいきなり声をかけられたからか、返事に詰まっている。俺はスクールバッグから裁縫セットを取り出した。

「ん」と手を差し出すと、少しの迷いを見せた後に、脱いだブレザーを渡してくれる。体育館への移動時間が迫っているから、目標は一分以内だ。よーい、どん。

俺がチクチクしている間、穂積が女子に解説を始める。

「鈴文《すずふみ》に目をつけられたら最後だぜ。コイツ、過保護で人の世話を焼くのが好きなんだよ。一年の時もクラスで『おかん』キャラだったからな」

「うるせえ、ごはん大盛りにするぞ」

「それ、おかんじゃなくて食堂のおばちゃんだろ」

女子がくすり、と笑った。

「よし、修復完了っと」

タイムは五十八秒。ミッションクリア。

「ありがと。真守《まもり》くん……だっけ。一年間よろしくね」

「うん、こちらこそよろしく」

ブレザーを手渡し、微笑《ほほえ》みかける。

お互い、楽しい一年になりますようにと祈りを込めて。


織北《おりきた》高校では、入学式と始業式が同日に実施される。まずは入学式、続けて始業式という流れだ。入学式は珍しいことに、上級生も全員参加となっている。去年の俺は保護者だけでなく二・三年生に見守られていたこともあり、とにかく緊張が絶えなかった。

俺は体育館に向かいながら、穂積《ほづみ》と互いの近況報告をする。春休み中は毎日昼まで寝ていたとか、隣町にできた映画館が綺麗《きれい》だったとか、購買のエビカツサンドがリニューアルしたらしいとか、マンションのお隣さんと仲良くなったとか。

体育館には、新入生を除いた五百名近くの生徒がひしめきあっていた。パイプ椅子にはスーツ姿の保護者も散見される。

席の配置は、上級生が最後方、その手前に保護者、そして前方が一年生だ。新入生は式が始まってから入場するため、体育館の中央は道のように開かれている。

それにしても、今日はやけに騒々しい。うるさいというより、落ち着きがない。教師も上級生もソワソワして、保護者たちでさえ目を泳がせている。

「なあ、聞いたか？　今年の新一年生に、有名人がいるらしいぜ」

左隣の穂積が、パイプ椅子から身を乗り出して言う。

「有名人って……アスリートとか？」

織北高校は文武両道を推進しており、都立でありながら部活動にもなかなか積極的だ。中でも野球部やバスケ部は、関東大会常連だとか。スポーツ推薦があるのかは知らないが、界隈《かいわい》で有名な実力者が入学してきてもおかしくない。

「アイドルだよ、アイドル。名前は確か……」

『これより都立織北高校、入学式を始めます。まずは一年生の入場です……』

穂積の台詞《せりふ》は、スピーカーのアナウンスにかき消される。

俺たちは万雷の拍手で新入生を迎える。

直後、拍手の割れ目から黄色い声が聞こえた。

体育館の中央を粛々と歩む、緊張した面持ちの一年生たち。

その中に一人、異彩を放つ少女がいた。

「嘘《うそ》だろ……！」

俺は目を剥《む》いた。

整った顔立ち、肩から清流のようにこぼれる黒の長髪、堂々とした振る舞い。

「……優月《ゆづき》……！」

見間違うはずもない。佐々木《ささき》優月が、学校の後輩として入学してきたのだ。

「そう、有須《ありす》優月！【スポットライツ】のセンターの子！ やっぱ本物は可愛《かわい》いよな〜」

唖然《あぜん》とする俺の横で、穂積《ほづみ》は鼻の下を伸ばしていた。

俺がよく知る隣人兼アイドルは、大衆のざわめきにも慣れた様子で、凛《りん》とした表情を崩さずに着席する。

そういえば一度ウィキを閲覧した際、年齢は十五歳と書いてあった。同じマンションに住んでいるのだから、学校が同じなのは別におかしな話ではなかった。

「ああいう子でも、普通の高校に通うんだな。後で教室行ってみるか」

穂積はパーマをかけた茶色の髪をかき上げ、ニヤリと笑った。これはまずい流れだ。

「……いや、迷惑だろうから止《や》めておけ」

「かーっ。一緒のクラスだったら同中《おなちゅう》のやつらに自慢できるんだけどなー。卒業までにせめて一言くらいは話してみたいぜ」

一言話すどころか、俺は今のところ毎日自宅に上がっているし、昨日なんてベッドでお腹《なか》を撫《な》で回している。穂積がそれを知ったら、血の涙を流すことだろう。

穂積の反応はさておき、きっと俺は他人から羨ましがられる状況にいる。事実、俺自身も最近の生活を気に入っていた。冷静に考えれば考えるほど、周囲に俺と優月の関係性が露呈するわけにはいかないのだと自覚する。

結局、優月たちが退場するまで会場内の浮ついた空気は払われることなく、いまいち締まりのない入学式となった。

そして放課後。前の席の男が勢いよく振り返る。

「やっぱ我慢できねえ。一年の教室行こうぜ！」

ミーハー全開の穂積はスクールバッグを背負い、今にも教室を飛び出しそうだ。暴走寸前のコイツを制御できるのは俺しかいない。

「入学式でも言ったけど、あの子に迷惑だろ。さっさと帰るぞ」

「心配すんな。別にナンパしようってわけじゃねえ。つーかオレ、春休みに彼女できたし」

思えば一年の冬頃に、狙っている子がいるって言ってたような。

「間近で声聞けたら満足だからさ。ほら、レッツゴー」

半ば引っ張られる形で、一階の一年生フロアに移動する。そもそも優月が何組か知っているのだろうか。教室をひとつずつ覗《のぞ》き込んで、そのたびに新入生から白い目を向けられるのはごめんなのだが……。

結論を言えば、心配は無用だった。

一年生フロアに降りると、まず一年A組の教室が目に入る。その隣であるB組前方の扉付近に、人だかりができていたのだ。数はゆうに十を超えている。

遠巻きに観察すると、室内・廊下側の人口密度がさらに高くなっていた。人混みの隙間からは、たおやかな黒のロングヘアがちらついている。

優月《ゆづき》は大勢に囲まれつつも笑みを浮かべ、質問攻めを上手にさばいているようだった。中でも優月の真正面にいるツインテールの女子は、級友のアイドルにぞっこんのようだ。

「有須《ありす》さん、どうして織北《おりきた》に入学したの？　芸能人って、みんな芸能科のある私立に行くんじゃないの？」

「芸能人ってそんな、大げさだよ。私だって普通の高校生だもの」

「全然普通じゃないよ！　顔ちっちゃいし、お肌も髪もツヤツヤだし、羨まし～。やっぱりスキンケアは、高級なブランドものとか使ってるんだよね？」

「ううん、薬局でも売ってるプチプラのやつだよ？　私はスキンケアより、筋トレとか食生活のほうを意識してるかな」

優月は一見、どこにでもいる友好的な女子高生のようだ。

だがここ数日、私生活で食事をともにしている俺にはわかる。あれはアイドルモードだ。応対する際は必ず相手の目を見て、相槌《あいづち》のタイミングや頻度も完璧。これは一朝一夕で生み出せる技術ではない。きっと中学でも似たような生活を送っていたのだろう。

「……これで満足だろ。穂積《ほづみ》、撤収するぞ」

「待ってくれ。願わくば美少女の香りを間近で……！」

俺が穂積の首根っこに手を伸ばした瞬間、優月がこちらを向いた。

大きな瞳がさらに見開かれる。俺の存在を認識したようだ。

「ごめんなさい。職員室に呼ばれていたのを思い出して。みんな、これからよろしくね」

八分咲きの笑顔とともに席を立つ。すると、ツインテール女子をはじめ大勢の取り巻きが一斉に道を開けた。すっかり彼女らは優月が定義するところの《ファン》らしい。

声をかけるべきか迷っていると、すれ違いざま、優月がぼそっと呟《つぶや》いた。

「……資料室」

絶対的美少女は振り返ることなく、一人で廊下を進んでいった。彼女の後ろをついていこうとする野暮《やぼ》な者が現れれば、直ちに数十の群衆が取り押さえることだろう。

「今、有須優月が何か言ってなかったか？」

「……さあな。それより目的は果たしただろ。俺は用事があるから先に帰るぞ」

「ああ。オレは彼女の職員会議が終わるまで、図書室で漫画でも読んでるわ」

いや、彼女って先生かよ！

☆　☆　☆

校舎三階、資料室。引き戸のガラスから室内を覗《のぞ》くと、十畳ほどのスペースには、ファイルが詰め込まれた金属製の棚が並んでいる。

高校生活二年目、この部屋を訪れるのは初めてのことだった。資料室は現在、生徒会の書類の保管スペースとなっているらしい。

確か一年前、入学式が終わって教室に戻った後、当時の担任から特別教室について一通りの説明があった。資料室については、「卒業まで一度も入ることがないかもな」みたいなことを冗談交じりに言っていた気がする。

あまりに人が寄りつかないため、時折男女がこの部屋でいかがわしいことをしているという噂《うわさ》もあるくらいだ。

扉を二回ノックすると、中から「はい」と控えめな返事があった。優月《ゆづき》だ。

「『ご注文は？』」

質問が飛んでくる。

間髪をいれず、俺はキメ顔で答えた。

「『豚丼、具材《アタマ》の大盛り。トッピングは玉子《ギヨク》で』」

「『入室を許可します《いらっしゃいませ》』」

セキュリティを突破した俺は、ゆっくりと扉を開ける。部屋の明かりは点《つ》いていない。

どんよりした曇り空をバックに、優月は奥の窓ガラスに背を預けていた。部屋が薄暗いため、表情はうかがえない。

「……さっきはごめん。いきなり教室に押しかけて、怒ってるよな。友達の暴走を止めるつもりでついていったんだけど……」

わざわざ校内で呼び出しをしてきたということは、早めに釘《くぎ》を刺したかったのだろう。

優月は俺の横を通過し、扉の鍵を施錠する。そしてすぐさま元の位置に戻った。

「別に怒ってるわけじゃないの。鈴文《すずふみ》が織高生《おりこうせい》だなんて想像してなかったから、私もびっくりしちゃった。ただ、早めに伝えておきたいと思って」

怒りや愚痴をぶつけたいわけではなさそうだった。優月の今の感情を一言で表すなら、「戸惑い」だろうか。

「ここで鈴文に問題です。私の職業は？」

「アイドルだな」

「第二問。アイドルにとってのご法度は？」

「恋愛沙汰、か」

「五十点。正解は、『同世代の異性と親しげにする』でした」

眉を下げ、寂しげに笑みを作る優月。

顔を合わせたくらいで俺たちの関係が露呈するとは思わない。だが、万が一周囲にバレてしまった時、「たまたま家が隣同士で」と説明したところで、どれくらいの人が素直に信じてくれるだろうか。校内で優月《ゆづき》に近づくこと自体が、そもそもの過ちだったのだ。

「不特定多数の男女、しかも噂《うわさ》やゴシップに興味津々な高校生の前で、私と鈴文《すずふみ》があたかも元から知り合いだったような雰囲気をにおわせたら、周囲にはどう映ると思う？」

「……勘違いする人は、いるかも」

「そ。実際の関係がどうであれ、真実が正しく伝わるとは限らない」

俺は、いつか優月と恋人同士になりたい。しかし、本人が望まない形で勝手に外堀が埋まっていくのは本意ではない。

「だから、校内では他人のフリをしてほしいの」

正直、そう言われるんじゃないかと予想はしていた。

「私は学校で男友達を作るつもりはない。万が一ＳＮＳで変な情報が広まっても、きっぱり否定できるようにね。だから、一年Ｂ組の教室にも来ないでほしい」

校内で優月と喋《しゃべ》れないのが寂しくないと言えば嘘《うそ》になる。とはいえ、彼女の仕事を考えれば何を優先すべきかは一目瞭然だった。俺は浅く息を吐き、要求を呑《の》んだ。

「……わかったよ。毎日手作り弁当を届ける計画が中止になるのは残念だが」

「絶っ対にやめて」

優月が顔を間近に近づけて言う。ちぇっ。

「じゃ、さっさと退出するか。一緒にいるところを誰かに見られたりでもしたら――」

がらり。

優月が視線をドアのほうに移す。俺もおそるおそる振り返った。

「えっ、有須《ありす》優月？」

資料室の入り口に、男子生徒が立っていた。上履きの色からして三年生だろうか。有名アイドルとの邂逅《かいこう》に、上級生は目を剥《む》いている。

優月の瞳に、焦りの色が浮かぶ。

「え、ちゃんと閉めたはずなのに……？」

「あ、ああ。資料室の鍵は、生徒会でも持ってるんだよ。来月の行事に向けて、昔の資料を参考にしようと……」

人がめったに寄りつかないと評判の特別教室に、まさかの訪問者。

「……っていうか、有須優月がどうしてここに？　そっちの君は？　二年生？　ちゃんと閉めたって、ここで一体何を……」

数瞬の間があって、先輩がはっとする。その勘違いはまずい。

この資料室は、一部の生徒にはいかがわしいことをする隠れ家と認知されている。薄暗い密室にアイドルと男子。その考えに行きつくのはある意味自然だ。

俺は今朝の芸能ニュースを思い返していた。人気アイドルの熱愛。ファンのインタビュー。恨み言の一文字一文字が脳裏に浮かび上がり、背筋がぞっとする。

優月《ゆづき》の顔は青ざめている。B組で見かけた時のような、柔らかい笑みは微塵《みじん》もない。

「ご、ごめんごめん。邪魔したね。出直すからさ。誰にも言わないし……」

そんな上擦った声で言われて、信じられるはずもない。生徒会室に戻った瞬間、くすぶった火種は一気に炎へと変貌するだろう。

早足で資料室から遠ざかる先輩にも聞こえるよう、俺は大声で叫んだ。

「……それで、返事は！」

俺は優月のほうに向き直り、問いかけた。その背後にある窓を注視すると、ガラスにはドアに隠れた先輩の上履きが反射していた。こっそり立ち聞きしている証拠だ。

「優月、ハッキリ訊《き》かせてくれよ！」

「へ、返事？」

きょとんとした顔の優月に、俺は畳みかけた。

「告白の返事だよ。このままうやむやにはさせないぞ！」

目線で合図を送ると、俺の作戦に気付いた様子の優月が小さく頷《うなず》いた。

次の瞬間、優月を纏《まと》う空気が一変する。

「……すみません。真守《まもり》先輩とは付き合えないです」

目を伏せ、唇を結び、優月は心の底から申し訳なさそうにする。

新入生の佐々木《ささき》優月から、アイドルの有須《ありす》優月に切り替わった。

「どうして！　握手会では俺のこと好きって言ってくれたじゃないか！」

「あれはファンとしてって意味で、男性としては、その……」

お茶を濁すような、ぎこちない笑み。しきりに髪をいじる仕草は、気まずさを感じている人間が無意識に取る行動のひとつだ。

「本当に、俺にチャンスない？　一ミリも？」

「……」

無言の肯定。わずかに漏れた吐息が、固い決意をにおわせる。

「……わかったよ。もう学校では優月に話しかけない。でも、たまにはライブに行かせてくれよ。アイドルの優月が好きなのも本当なんだ」

「……はい、ありがとうございます」

優月は下唇を噛《か》み、胸元でぎゅっと手を握りしめた。

俺は腕で涙を拭う仕草をして、資料室を走り去った。ドアの陰に潜んでいた先輩を追い抜き、廊下を曲がってひとつ下の二年生フロアへ移動する。

廊下に生徒の姿はない。ここまで来れば一安心だ。

「……うわ」

一人になってようやく、実感がこみ上げてくる。

演技とはいえ、失恋ってめちゃくちゃ落ち込むんだけど！

☆　☆　☆

二階の二年生フロアに下りた俺は、階段すぐ横にある自分の教室、二年A組に避難し、後方の扉を閉めた。ここでしばらく時間を潰してから下校するとしよう。

窓の外では、雲の隙間から陽光が差し込んでいた。

「……」

おそらくあの先輩は、自身が目撃した一大事件を周囲に言いふらすだろう。生徒会内で収束してくれれば御の字だが、望みは薄そうだな。

俺は資料室での優月《ゆづき》と同じように、窓に背を預けてみる。

直後、教室と廊下をつなぐドアの上部にはめ込まれたガラスの奥で、女生徒が横切るのが見えた。優月だ。

姿を確認したのは一瞬だったけど、何やら焦っているようだった。視線をあちこちに彷《さま》徨《よ》わせており、きっと俺を探しているのだろう。せっかく追いかけてきてもらったところ悪いが、二人でいるところをまた誰かに目撃されたらやっかいだし、俺から呼び止めるべきではないな。

しかし優月はすぐに戻ってきた。A組を通り過ぎるほんの一瞬で、俺を捉えたらしい。髪が乱れ、額にはうっすらと汗がにじんでいた。

引き戸に手をかける優月に対し、俺は左の手のひらを突き出し、「待て」のモーションをする。こちらの意図を察し動きを止めた優月のもとへ、俺はゆっくりと近づいていく。

「ごめんなさいっ！」

優月は室内には入ってこなかったものの、扉越しに深々と頭を下げた。

「また目撃者がいたら困るだろ。早く帰りな」

俺はできるだけ柔らかい口調に努めながら、扉を隔てたまま優月をやんわりと諌《いさ》める。

「私のせいで、鈴文《すずふみ》に迷惑かけた。本当にごめんなさい」

「気にするなよ。不可抗力ってやつだ」

優月が落ち込む必要はない。まさか告白をねつ造することになるとは思わなかったけど。

「言われた通り、学校ではもう話しかけないから。気兼ねなく高校生活を楽しんでくれ」

「でも……」

ドアの先にいる優月は、なかなか立ち去りそうにない。間接的に俺の学校での評価を落とすことになり、罪悪感にとらわれているのだろう。

まったく、仕方ないな。俺はもう半歩分の距離を詰め、微笑《ほほえ》みかける。ガラスの向こう側にいる少女の瞳は、少し潤んでいた。

「貸しイチな」

「え？」

「いつか俺の頼みも聞いてくれよ。それできっぱりチャラだ。それとも、天下のアイドル様は恩を仇《あだ》で返す人でなしか？」

「そ、そんなことないしっ！　三倍にして返すし！」

優月《ゆづき》はむっと頬《ほお》を膨らませる。いつまでもしょげた顔でいられるよりはよっぽどマシか。

別れの言葉の代わりに、ガラスの中心に触れると、優月が同じポーズを取った。

ひんやりとした透明な板を挟んで、俺たちの手が重なる。

やがて優月はにこっ、と満足気な笑みを浮かべて、今度こそ去っていった。

俺はガラスに当てていたほうの手のひらに触れてみる。


冷たくて、熱い。

☆　☆　☆

その日の夜。佐々木《ささき》家、いつものリビング。

優月の表情は青ざめていた。まるで、資料室でマンションの隣人に釘《くぎ》を刺そうとしたら闖入者《ちんにゅうしゃ》が現れた直後のように。俺は素知らぬ顔で、テキパキと夕食の用意に勤《いそ》しむ。

今日の一品は、前々から優月に食べさせたかったスペシャルメニューだ。肉も魚もふんだんに使った、まさに命の化身。つい気合いが入って予算オーバーになってしまった。

「おかわりは必至だろうなぁ～。こんなものをアイドルに食べさせたら太っちゃうか？でも、胃袋がはち切れるまで食べまくるって言ってたしなぁ～」

「そこまでは言ってない……」

学校での別れから数時間後。俺は大量の食材をオカモチに詰め込んで、佐々木家に突撃した。「貸しを返してもらいにきたぜ」という宣言とともに。

当然優月は抵抗した。しかし俺が胸を押さえて、「あー失恋の傷が痛むなー辛《つら》いなー苦しいなー」と棒読みの演技をすると、しぶしぶ俺を部屋に入れてくれた。

ローテーブルの前で身を縮めて正座する優月は、もはや借金取りに軟禁された負債者のような面持ちである。これからどんな拷問が下されるのかと、身震いしている。

俺は円形のプレートに載せた渾身《こんしん》の一品を、そっとテーブルに置いた。

優月が目を丸くする。

「これって……」

「本日の献立は、ガレットでございます」

ガレット。クレープのルーツと言われる、フランス・ブルターニュ地方を発祥とする料理だ。焼き上げた円形の生地に具材を載せて正方形に折りたたんだもので、SNS映《ば》えするフレンチとして女性に高い人気を誇る一品である。

　小麦粉を主原料とするクレープに対し、ガレットで用いるのは主にそば粉。そのため甘さは控えめで、日本ではスイーツというより食事の要素が強い。

「いつもみたいな男メシじゃないの？　私を肉汁と油で窒息させるんでしょ？」

「そこまでは言ってねえよ。ま、入学式とか、クラスメートの前で猫被《かぶ》ったりとか、ほかにも色々あって疲れただろ。今日くらいは気兼ねなく好物を食べてもらいたいと思ってさ」

　ウィキや公式サイトによると、アイドル・有須優月《ありすゆづき》の好物はガレットとクレープらしい。

　俺は知っている。プライベートの優月が欲しているのは、豚丼やミラノ風ドリア、焼きそばといった庶民メシだということを。

　とはいえ、プロフィールに記載の内容が嘘《うそ》とは思わなかった。ガレットのトッピングには肉や魚など多種多様な食材が使われており、まさしく優月の愛するガッツリメニューだ。人は好きなものを食べると、否応《いやおう》なく元気になるものである。

　具材はオーソドックスに、ベーコン、生サーモン、目玉焼き、マッシュルームの四種。チーズと生クリームも入っていて、フランス風ピザって感じだな。

「そりゃガレットは大好物だけど、でも……」

「アー胸ガイタイヨー失恋ツライヨー」

「それ、ずるい……」

優月は口を尖《とが》らせたものの、抵抗にはいつもの覇気がない。

「ま、一切れでいいから食ってくれよ。貸しの件はそれでチャラにするからさ」

「……そう、だよね。今日のごはんはいわば懺悔《ざんげ》だもんねっ」

急に、優月の声が熱を帯び始める。

「しょーがないなー！　食べたくないけど恩返しだもんね！　うん、しょうがない！」

コイツ、さっきまでうじうじしていたのに、俺を言い訳に使いやがった。

「んじゃ、いただきまーす！」

優月はナイフとフォークを器用に扱い、切り分けたガレットを舌に載せる。

「……うわ……」

ガレットを含んだ優月の口が、瞬時に綻ぶ。

「カリッカリのベーコンとマッシュルームの香りがぶわっと広がって、口の中が一気に西洋って感じ！　味付けはしっかりなのに、チーズと生クリームが絡んでいるからマイルドなの。パリッとした生地も香ばしくて、けれど噛《か》むとモチモチで楽しい～！」

つい先ほどまでは緊張した様子だったのに、すっかり笑顔だ。やっぱり優月にはこの表情が一番よく似合う。

「温かいガレットに冷たいサーモンの組み合わせも、アリアリのアリ。この、くにゅりとした歯触りはサーモンならではだよね！」

そろそろ俺もいただこう、初ガレット。うん、味付けも焼き加減もバッチリだ。

こちらがゆっくり味わっている間に、優月《ゆづき》は黙々と食べ進めていく。このペースなら、あと五分もしないうちに完食してしまいそうだ。

俺はナイフを動かす手を止めて立ち上がり、優月に告げる。

「せっかくのガレット、まだまだ楽しんでもらうぞ。おかわりの具は何がいい？　トマトとアスパラで爽やかに行くか、ジャーマンポテトとウインナーでガッツリか。バナナとベリーでデザート系ってパターンもあるぞ」

「……じゃあ、ポテトとウインナーのやつで」

迷わずガッツリ系を選ぶとは、それでこそ優月。

コンロの前で生地の焼き加減を注視していると、すぐ後ろに優月の気配を感じた。調理の模様を見守っているにしては、やけに物静かだった。

そろそろ俺は、ずっと気になっていたことを口にする。

「正直、まだ空元気だろ」

「……」

返事がない。つまりはイエス。

「俺の前でまで、気を張らなくたっていいんだぞ」

「……なんで、わかるのよ」

「わかるさ。毎日一緒にいるんだから」

優月は観念したようにはーっとため息をついて、俺の背中に頭を預けた。腰のやや上あたりにぼんやりとした温《ぬく》もりが宿り、俺は思わず背筋が伸びる。

「私はステージ上やカメラの前だけじゃなくて、学校でも完璧なアイドルでいたかった。でも資料室では失敗した。しかも鈴文《すずふみ》に迷惑かけて……。鈴文にはこれ以上気を遣わせたくなかったのに、ガレットを作ってもらって、空元気も見抜かれて。……ダメダメだよ」

「舐《な》めんな。この程度、迷惑でもなんでもない」

今まで俺が、どれだけ友達やクラスメートの世話を焼いてきたと思っているのだ。彼らに比べれば、優月は優等生の部類である。

「なんでそこまで私に寄り添ってくれるの？　私が完璧なアイドルを目指していることは、鈴文には関係ないはずなのに。私を助けても、何のメリットもないのに」

本気で困惑しているのが背中から伝わってくる。確かに、トップアイドルでありたいという気持ちは優月だけのもので、俺があれこれ介入する必要もないのだろう。

「別に、有須《ありす》優月に完璧なアイドルでいてほしいから手助けしたわけじゃない。俺は、現実の佐々木《ささき》優月が頑張っているのを応援したいから協力したんだ。佐々木優月には、日々を楽しく過ごしてほしいから」

「……」

　後ろから反応はない。俺の言葉の真意を探っているのだろうか。

「それに今回は、結果として優月《ゆづき》のためになったかもしれないけど、これは俺のためでもあるんだよ」

「……どういう意味？」

「さっき、『私を助けても何のメリットもない』って言ったよな。でもそんなことはないぞ。こうやって一緒にごはんを食べてるんだから。同じ食卓を囲っている佐々木《ささき》優月が元気でいてくれたら、笑顔で食事にありついてくれたら、俺は素直に嬉《うれ》しい」

　毎回、優月は俺の作った料理にときめいてくれる。それをテーブルの向かい側という特等席で眺めることができて、嬉しくないわけがない。

「単に、優月と過ごすメシの時間が好きなんだよ、俺は」

「……そっか」

「だから、気にせずいつも通りでいてくれよ。俺は明日からも優月にメシを作るけど、恩返しのつもりで無理に食べようとか絶対にするなよ？」

「何それ、変なの。……でも、ありがと」

　優月の声は安堵《あんど》に包まれていた。この様子なら、明日にはメンタルは完全回復しているだろう。

「最後にひとつだけ訊《き》かせて。もし、私がまた困ってたら……鈴文《すずふみ》は、助けてくれる？」

優月の、ここまで弱気な発言を聞くのは初めてかもしれない。

しかし弱々しいだけじゃない。その奥には、かすかに別の感情が宿っている気がした。

どうか見つけてほしいという祈りに似た期待が、心の奥底で臆病にこちらを覗《のぞ》いている。

「……愚問だな」

調理の手を止め、俺はゆっくりと振り返った。優月はおっかなびっくりに、胸の前で両手をぎゅっと握りしめている。

優月が真に何を求めているのかはわからない。俺の行いは、どこまでいってもただのおせっかいなのかもしれない。

だが俺の答えは、はじめから一択だ。

「助けるよ。佐々木優月が困ってたら、どんな状況でも絶対に助ける。当たり前だろ」

はじめ、優月は俺の発言を受け、ぼうっとしていた。

やがて理解が追いついたのか、急に目を見開いたかと思えば、俺の視線から逃げるように、ぱっと顔を伏せてしまった。

「そう、なんだ……」

黒髪の隙間から見え隠れする両耳が、朱色に染まりつつああった。長らく火元の近くにいたせいで、暑くなってきたのだろうか。

「おい、大丈夫か？」

俺が顔を覗《のぞ》き込むと、優月《ゆづき》は水を撒《ま》かれた猫のように飛《と》び退《の》いた。

「だいじょうぶ！　うん、大丈夫だから！」

まるで自分に言い聞かせるように、何度も「大丈夫」と連呼する優月。急になんなんだ。

指をもじもじさせた後、優月がゆっくりと顔を上げる。

「……」

「なんだよ、じっと見て」

なぜか優月の表情は、メシに抗《あらが》う時みたいに悔しさや葛藤のようなものが入り混じっていた。

「……私は絶対に負けないんだからねっ！」

「お、おう？」

唐突な決意表明。「大好物のガレットを食べさせたくらいでメシ堕《お》ちできると思うな」と言いたいのだろうか。ま、何はともあれ、空元気から脱してくれたみたいだしいいか。

俺がガレットのおかわりを盛り付けていると、優月が横から覗いてくる。だが視線はガレットではなく俺に向けられていた。

「……覚えてるからね。鈴文《すずふみ》が『助ける』って言ってくれたこと」

はにかんだ笑みを浮かべる優月に、俺はドキッとする。

これまで俺は、佐々木《ささき》優月という人間を間近でさんざん眺めてきた。

それなのに、今の優月はこれまでに一度も見たことのない顔つきだったのだ。

アイドルモードでもない別の何かは、どんな笑顔よりも輝いていた。

ROUND．5　「私にいっぱい食べさせたいんでしょ？」

「よぉよぉよぉ、真守鈴文《まもりすずふみ》さんよぉ」

二年A組、窓側から二列目の、前から二番目。俺が自席に座った瞬間、前の席のチンピラがガンをつけてきた。

「おはよう、穂積《ほづみ》」

「怒り心頭だぜ、オレぁお前を友達だと思ってたんだけどなぁ」

「そりゃどうも」

昨日は始業式の最中、俺にさんざん彼女とのノロケを聞かせてきたくせに、今日は真逆の感情を惜しげもなく発露している。デレたり怒ったり、コロコロと忙しいやつだ。

「お前、有須優月《ありすゆづき》に告ったんだってな」

机にしまおうとした筆箱が滑り落ちた。

「……なぜそれを」

「生徒会の友達から聞いたんだよ。お前が昨日の放課後、有須優月を資料室に呼び出したらしいってな」

やはり、人の口に戸は立てられないか。先輩から後輩へ、その友人へ。今日は学校の敷地に入った瞬間からやけに視線を感じると思っていたが、気のせいではなかったらしい。

「人にはさんざん咎《とが》めておいて、自分は抜け駆けかぁ？　常識人のフリしやがって」

「恋に常識なんて通用しないんだよ」

「ま、禁断の愛に目覚めちまう気持ちはわかるけどな」

さすが、教師を恋人に持つ男は理解が早い。

ちなみに穂積が付き合っているのは日本史の先生だった。普段はおっとりとした女性だが、意外と恋愛には積極的らしい。

「冗談はさておき、知らないやつから変な対抗意識を向けられないように気を付けろよ。やっかいなファンに絡まれて困るのはお前だぞ」

ご忠告感謝します、マイフレンド。

確かに、俺は高校生活を穏やかに過ごしたい。校内に優月のガチファンがいたとしたら、夜襲を受けてもおかしくない。しばらくは陽《ひ》が落ちたら出歩くのを控えるとしよう。

チャイムが鳴り、散り散りになっていたクラスメートが銘々の席につく。そこから一分もしないうちに、担任が入室してきた。

皺《しわ》ひとつないグレーのジャケット、パリッとした純白のブラウス、膝より少し長いスカートという出《い》で立《た》ちは、一見堅物そうな印象を与える。

「みなさん、おはようございます。出席を取りますね」

黒髪のショートボブがさらりと揺れた。柔らかな口調の挨拶は、まるで湖の畔《ほとり》に佇《たたず》む精霊の歌声のようだ。

三神百聖《みかみももせ》。我が二年A組の担任、担当教科は現代文。推定年齢は二十代中盤くらいで、おそらく織北《おりきた》高校の教師としては最年少。男子生徒の憧れ的な存在だ。

つぶらな瞳、丸っこい鼻、艶《つや》のある引き締まった口元。無垢《むく》さと凛々《りり》しさを兼ね備えた顔立ちは、アイドルグループの中にいたとしてもまるで違和感がない。

誰にでも優しく、時に厳しく。真面目で実直かと思いきや、授業中に趣味の話を挟んだり、体育祭では生徒と一緒にはしゃいだり。年相応の茶目っ気も人気のポイントだ。

「モモちゃんが担任なんて、ラッキーだよな」

「オレは有須優月《ありすゆづき》より断然こっちだわ」

ひそひそと賞賛の声を上げるクラスメートたち。担任は気にする様子もなく、淡々と生徒の名前を五十音順に読み上げていく。

「真守鈴文《まもりすずふみ》さん」

「はい」

目が合った。最近は綺麗《きれい》な女性の顔にも慣れてきたと思っていたけど、やはり緊張する。

「……はい、全員出席ですね。一時間目は現文なのでこのまま始めたいところですが、先に一点、職員室から通達です」

通達。朝のＨＲでは聞き慣れない単語だ。

「今年の新一年生の中にタレント活動をしている子がいます。名前は控えますが、たぶんみなさんはもう知ってますよね」

入学式の時点であれだけ注目を集めていたのだ。アイドルに疎い者だって人づてに耳にしているだろう。

「我が校では生徒のアルバイトを禁止していません。そのため、彼女の学業と芸能活動の両立も、できる限りバックアップしていく所存です」

織北高校の校風は「自主性の尊重」だ。アイドル活動も許容する方針らしい。

「交友関係についても同様です。織北で多くの友達を作って、大人になってからも続く絆《きずな》を育んでもらえたら幸いです。……しかし」

教室を包む空気が一変するのを、俺は肌で感じ取った。

「恋愛に関してはくれぐれも慎重に行動しましょう。もちろん、学校側が特定の生徒間の交際を禁じることはありません。ですが彼女の場合、異性と二人きりでいる画像や動画がネット上に出回ると、変な噂《うわさ》が広まり仕事に悪影響を及ぼす可能性があります。決して興味本位で、彼女のクラスに近づかないように」

三神先生と再び目が合う。表面上は穏やかだが、有無を言わせぬ威圧感があった。彼女だけじゃない。クラス中の視線が一斉に突き刺さってくる。

「ましてや一方的な好意を募らせたあげく、人気《ひとけ》のない場所に連れ込むなど言語道断。あくまで学生の本分は勉強ということを忘れないでください。以上」

まるで犯罪者扱いだ。確かに自分から言い出した嘘《うそ》だけど、さすがに凹《へこ》む。温和で人当たりの良《い》い三神《みかみ》先生の口から語られたという事実が、余計に重くのしかかった。

その日、あまりに俺が暗い表情をしていたからか、クラス替えで散り散りになった友人たちが廊下ですれ違うたびにジュースを奢《おご》ってくれた。胃がチャプチャプになった。

☆　☆　☆

放課後。今週いっぱいは午前授業だったものの、いろんな先生から雑用を引き受けていたら、すっかり帰りが遅くなってしまった。

昼食には遅く、夕食には早い時間帯。帰りのコンビニで軽食でも買おうか。お駄賃としていただいた栗饅頭《くりまんじゅう》一個では、空腹は満たせそうにない。

一階の職員室を出た俺は、ひとまずカバンを取りに二年A組の教室まで戻ることにした。まずは一年生フロアの廊下を、ひたすら端まで歩いていく。一年A組の先、校舎最奥の階段を使って真上の二年A組に向かうのが最短ルートだからだ。

D組、C組と横切って、一年B組の前で立ち止まる。優月《ゆづき》の在籍するクラスだ。

というか、マズい。こんなところを誰かに目撃されたら、いよいよストーカーと疑われてしまう。朝の通達を守るためにもさっさと離れなければ。

教室前方の扉を通り過ぎた、その時。

「……ん？」

室内で、誰かの声が聞こえた。

扉は前後ともに閉まっているため、正体は不明。

部活動は勧誘期間すら始まっていないから、着替えのために閉鎖しているわけでもないだろう。一年生の授業が始まるのは明日か明後日だし、予習をしているとも考えにくい。

まさか窃盗？　でも、生徒が帰った教室に財布や貴重品が残っているはずもない。

俺は左手をポケットに忍ばせ、スマホの手触りを確認した後、右手で引き戸のくぼみに手をかける。そして中にいるであろう誰かを刺激しないよう、そっと横にスライドした。

「ああ、優月ちゃん……好き……大しゅき……」

視界の下のほう、佐々木《ささき》優月の席に、人がいた。

その女性はうっとりとした表情で、椅子に頬《ほお》ずりをしていた。グレーのジャケットは椅子の角に押し潰され、皺《しわ》ができている。

「はぁ……優月ちゃんの引き締まったお尻が接しているこの座面をはぎ取って、お風呂上がりのフェイスパックにしたい……」

まるで犬が飼い主の膝に甘えるように、椅子に頬《ほお》ずりをしている。

「こんなところを生徒に見られたら人生が終わる……。拘置所の差し入れは、優月《ゆづき》ちゃんの写真集がいいな……。栞《しおり》はあの子の毛髪にしてもらわないと……ひ、ひひ……」

絶句。声が出ないというより、どう反応したらいいのかわからず、身動きもとれない。

「そろそろ職員会議が始まるから行かなきゃ……あ」

女性が顔を上げる。

扉の隙間から室内を覗《のぞ》いていた俺と、視線がぶつかり合う。

「……み、三神《みかみ》先生……」

「真守《まもり》くん……」

世界が硬直した。

二年A組の担任、三神百聖《ももせ》は、頬をもう一度椅子に押し当て、質問する。

「あなたも優月ちゃんのお尻を堪能しにきたの？」

「んなわけあるかぁ！」

学校でここまで声を張り上げたのは、体育祭の応援合戦以来かもしれない。

「え、先生、マジで、何やってるんですか」

冷や汗が止まらない。人間は本能的な恐れを抱くと、喋《しゃべ》り方が下手になるらしい。

「言っておくけど、まだ舐《な》めてないからね」

「もし事後だったら、問答無用で引きはがしてましたよ」

三神《みかみ》先生はようやく腰を上げ、俺の真正面で仁王立ちする。

「わたし、HRで言ったはずだけど？　優月《ゆづき》ちゃんの教室に近づいちゃ駄目って」

すごい。自分を棚に上げ、この状況で説教を始めようとしている。

「別にB組目当てだったわけじゃないですよ。教室の中から声が聞こえたんで覗《のぞ》いてみたら、まさかこんな事態になっているとは……」

「わたしって昔から、物事に熱中するとつい独り言が出ちゃうのよね。直さないと」

あなたが反省すべきはそっちじゃないだろう。

「あの、一応確認なんですけど、先生は有須《ありす》優月のファンなんですか？」

「ファン、ねえ……」

ハン、と嘲笑し、胸に手を当てる。

「何を隠そう、【スポットライツ】ファンクラブ、会員番号00005とはこのわたしよ」

カードケースから二本の指で取り出したのは、キラリと光る会員カード。

「月の食費は五千円以内。家飲みのお酒は業務用。服は古着屋かネットオークション。親戚の子にお年玉もあげず、結婚式のご祝儀はケチり、使えるお金はすべて優月ちゃんに捧《ささ》げる生活を送って早数年。公務員を続けているのも、ひとえに給料が安定しているからよ」

朝のHRにて、やけに俺への視線が厳しかったわけを理解した。

この人は、優月の健全な学校生活を祈っていたのではない。

単に俺を妬んでいたのだ。

「わたしはこれまで、様々なイベントに参加してきたわ。地方のライブ、新曲発売記念の配信、ファンミーティング、ラジオの公開生放送……でもね、握手会だけは一度も参加したことがないの。なぜだかわかる？」

「さ、さぁ？」

「優月ちゃんが可愛《かわい》すぎるからに決まってるでしょお！」

恐怖。いつも優しく穏やかな三神先生が、激しく憤慨している。クラスで鼻を伸ばしている男子連中に、この光景を見せてやりたい。

「ええ、認めましょう。たしかにわたしは織北《おりきた》高校のアイドルよ。ルックスも良い、スタイルも良《い》い、人当たりも良い。毎年何人もの生徒から告白されるし、もはや地方紙で『可愛すぎる女教師』なんて特集が組まれるのも時間の問題よ」

アンタのナルシスト具合のほうがよほど問題だよ。

「でもね。わたしは所詮一般市民。大衆の一部なの。本物を前にしたら、わたしなんてジェネリックアイドルよ。紛《まが》い物《もの》のわたしが、あんな白くて、細くて、すべすべの手に触れてしまったら、優月ちゃんが穢《けが》れてしまう。わたしはね、推しとは一定の距離を保ちたいタイプなの。握手をしている間、一言二言のやり取りをするでしょ？　間近で優月《ゆづき》ちゃんの肉声を聞いた瞬間、きっとわたしはカッターで自分の耳をそぎ落として、ホルマリン漬けにするわ」

俺はかつて優月から聞いた、《ファン》の語源を思い出していた。

「なのにまさか、ウチの学校に入学してくるなんて……。僥倖《ぎょうこう》、いや試練よ。聖職者として、優月ちゃんを立派な大人に導けという命題。でも、いきなりプライベートの彼女と接したりなんかしたら、わたしが溶けちゃうでしょ？　だからこうやって椅子に触れるところからスタートして、徐々に体を慣らしているのよ」

常識を失った人間は、もはや怪物と比べても遜色がない。異形の化け物と戦うアニメにおいて、大抵のラスボスが人型であるように、真の悪とは人の姿をしているものらしい。

「とにかく、いいかしら」

まだ何も話は進んじゃいないのだが、何かしら。

「これはあくまで仕事の延長線上の行為なの。生徒と対等な目線で接するためのね。あなたは何も見なかった。聞かなかった。いいわね？」

どうしてそこまで上から目線でいられるのだろう。まぁ、部活や委員会が本格的に始まれば、放課後でも誰かしらは教室に出入りするだろうし、そう何度も蛮行を犯すまい。

「……二度としないと約束してくれるなら」

「それは保証できかねるわ」

今日一番の、キリッとした表情だった。そこは大人しく従うところでしょうよ。

「この国には付喪神《つくもがみ》が存在するのは知っているわよね。大切に使い続けた道具には神仏が宿るという考え方よ。優月ちゃんが座り続けたこの椅子には、ワンチャン彼女の念が宿るかもしれないわ。ああ、その姿はさぞ愛くるしいのでしょうね……。というか、文句を言いたいのはこっちのほう。真剣に仕事と向き合う大人の邪魔をしないでくれる？」

両腕を組み、胸を強調するポーズを取る。ブレないなぁ、この人。

普段は温和で可愛《かわい》らしい三神《みかみ》先生が実はキモオタでしたと暴露したところで、誰も信じてはくれまい。口でなら何とでも言えるし。

そう、証拠さえなければ。

俺はポケットからスマホを取り出し、再生ボタンを押す。

『はぁ……優月ちゃんの引き締まったお尻が接しているこの座面をはぎ取って、お風呂上がりのフェイスパックにしたい……』

『間近で優月ちゃんの肉声を聞いた瞬間、きっとわたしはカッターで自分の耳をそぎ落として、ホルマリン漬けにするわ』

改めて聞くと、耳がぞわっとする。

「……っ、いつの間に……！」

ここに来て、初めて三神《みかみ》先生は顔を歪《ゆが》ませた。

「不審者が忍び込んだのかもと思って、扉を開ける前から録音してたんですよ」

その正体はまさかの担任だったけど。

偶然とはいえ目撃してしまった以上、ストーカー予備軍をスルーすることはできない。

「別に拡散するつもりはありませんよ。聖職者を自称するなら、意中の子のリコーダーを舐《な》める小学生みたいな間接セクハラは止《や》めませんか」

「つまり、許可をもらえば解決ってこと？」

「シャラアップ！」

俺が一喝すると、三神先生はがっくりと肩を落として嘆息した。

「いいでしょう。今日のところは要求を呑《の》んであげる。でも油断しないことね。この学校には、わたし以外にも優月《ゆづき》ちゃんのファンは大勢いるわ。あなたこそ、彼女にちょっかいかけようものなら、幾千万の軍勢が保存用の未開封タペストリーでタコ殴りにするわよ」

織北《おりきた》の生徒数は八百にも満たなかったと思うけど、幾千万はどこから湧いてきた。

とにかく、優月の学校における最低限の安全は確保された。本人には隠しておこう。

「……いけない。職員会議が始まるから、わたしは行くわね」

「会議前に何やってるんすかホント……」

「くれぐれも夜道には気を付けることね。あと、家の施錠はしっかりね」

教師の口から出たとは思えない不穏な言葉とともに、三神先生は教室を去っていった。

「……俺も帰るか」

どっと疲れた。気分転換に、夕食は俺の好物にするか。

この時の俺は、今宵《こよい》、さらに疲弊する事態に見舞われるとは想像もしていなかった。

☆　☆　☆

時刻は夜の九時半。陽《ひ》はとっぷり暮れ、マンション全体が静けさに包まれている。

ここ数日、俺はお隣さんに夕飯を用意している。最初のうちはただメシを作るだけだったが、徐々に食事の時間そのものを共有するようになった。

今日も俺はかれこれ数時間、ディナーをともにするべく隣人の帰りを待ちわびている。

俺の生活は、すっかり彼女を中心に回っているらしい。

早く優月に会いたい。そう思った瞬間、玄関のチャイムが鳴った。

直接ウチに来るとは、ずいぶん素直になったものだ。

無論、そんなはずはなかった。しかしこの時の俺は待ち人の帰宅で気分が高揚し、空腹も相まって、行動が短絡的になっていた。

モニターを覗《のぞ》くことなく、玄関の鍵を解除して扉を開ける。

ドアの隙間から、ギラリと光る銀色の物体が見えた。

瞬間、三神《みかみ》先生の言葉が頭をよぎる。

――くれぐれも夜道には気を付けることね。あと、家の施錠はしっかりね。

あ、ヤバい。

前傾姿勢になっていたから、今さらドアレバーを引き戻せない。助けを呼ぼうにも、810号室のアイドルは帰宅していないし、808号室のご夫婦は今朝エレベーターで一緒になった際、今日から二泊三日で伊豆《いず》へ温泉旅行に出かけると言っていた。詰みである。

せめて犯人の特徴だけでも記憶に焼き付けておかなければ。生き残って証言ができれば万々歳、ここで一人朽ち果てるとしても、血でダイイングメッセージを。

髪は明るい茶色のセミロング。両耳には、エメラルド色のイヤリングが付いていた。

服装は高校の制服だ。上はブラウス、豊満な胸元には真っ赤なネクタイ、下はシンプルな黒のスカート。ギリギリまで短くしたスカートと黒のニーハイの間からは、健康的な太ももが露《あら》わになっている。

肩にはボストン型のスクールバッグ。ファスナーにぶら下がっているのは、「R」の形をした銀色のアクセサリーだ。ドアの隙間からちらついていた物体はコイツだったのか。ところでこのアクセサリー、俺が小学生の頃、友達にあげたやつと同じじゃないか？

「よっ、スズ。来てあげたよん」

夜闇を晴らすような快活な笑みとともに現れたのは、俺がよく知る人物だった。

「……莉華《りか》か。驚かすなよ」

「テンション低くない？　せっかく愛《いと》しの幼なじみが引っ越し祝いに来てあげたのに～」

岸部《きしべ》莉華。織北《おりきた》高校の先輩にあたる人物で、俺の元・お隣さん。

真守《まもり》家は『レジデンス織北』に引っ越す前、別のマンションで暮らしていた。その建物の隣にある一軒家に住んでいたのが、ウチと同じく三人家族の岸部家である。俺と莉華は年が近いこともあり、幼い頃から家族ぐるみで付き合いがある。

意志の強そうな瞳、右目の泣きぼくろ、スキージャンプのごとく反り返ったつけまつげ、綺麗《きれい》な形の鼻、ピンク色のぽってりとした唇。引っ越し以来一度も顔を合わせていなかったからか、強気な性格がにじみ出た顔立ちには懐かしささえ感じた。

「もしかして感動しちゃった？　大好きな莉華おねーさんがサプライズで来てくれて」

「ビックリはしてる。ってか、どうやってエントランス通過したんだよ」

「え？　普通にママさんから番号聞いたんだけど？　バイト終わりに、『スズんち行きたーい！』ってバックルームで叫んでたら教えてくれたの」

我が母親のセキュリティ意識の低さよ。

莉華は、ウチの両親が営む居酒屋『合園奇宴《あいえんきえん》』でホールのアルバイトをしている。最近は新生活シーズンで繁忙期のため、毎日のようにシフトに入っているらしい。

莉華《りか》はデパ地下の紙袋を誇らしげに掲げる。

「これ、スズが前から食べたがってたプリン。遅くなったけど引っ越し祝いね」

「うわ、マジか。ありがとう」

昔から、莉華は俺の些細《ささい》な言動も覚えてくれている。気遣いが上手なのだ。

「あとこっちは、スズが欲しがってた限定生産品の調味料ね。これは貰《もら》い物《もの》のクッキー、そっちはスズに似合うと思って買っておいたシャツと靴下とパンツと……」

「いやいや多い多い多い！」

心配りが過剰すぎて、幼なじみというより田舎から息子の様子を見にきた母親感がにじみ出てるけど。

「……ま、とりあえず入れよ」

「やったー！　お邪魔しまーす！」

ローファーを脱いで、てくてくと廊下を歩いていく莉華の後ろを、俺は複雑な胸中でついていく。

☆　☆　☆

「今からこの莉華おねーさんが、スズを甘やかしてあげる！」

リビングの中心で、莉華《りか》が胸を張って宣言した。やっぱりそう来るか。

「引っ越しとか新学期とかでスズも疲れてるでしょ？　今日は思う存分甘えていいからね」

ブラウスの袖をまくり、ふんすと鼻を鳴らす莉華。

「いや、せっかくだけど気持ちだけもらっておくよ」

「遠慮しないの。ほらほら、何してほしいか莉華おねーさんに教えてごらん？」

何もしないをしてほしい、なんて正直に答えたら怒られるかなぁ。

莉華は、引っ越し祝いとは別に持ってきた、はち切れんばかりのビニール袋の中身を次々に取り出していく。エプロン、ゴム手袋、マスク……。いわゆるハウスキーパーの初期装備だった。バイト終わりにディスカウントショップで買ってきたようだ。

莉華はなにかと俺の世話を焼きたがる。それ自体は喜ばしいのだが、ひとつ問題がある。

ぶっちゃけ、莉華は家事が不得意なのだ。

料理をすれば火柱を立て、裁縫をすれば指が血だらけになり、整理整頓をしていたはずがいつの間にか部屋には物が散乱。モチベーションとスキルが連動していないのである。

ただし、『合園奇宴《あいえんきえん》』の接客に限っては、評判は上々らしい。莉華本人も働くというより、お客さんとコミュニケーションを取る感覚で仕事に従事しているようだ。

「まずは荷ほどきから手伝うよ」

「もう終わった」

「じゃあ買い出しは？」

「学校帰りに済ませた」

「……だったら洗濯」

「アイロンがけまでやった」

「もうっ！　アタシの仕事がないじゃん！　有能かよ！」

怒りながら褒めるという、そこだけは器用な莉華であった。

「莉華はお客さんなんだし、ソファでふんぞり返ってくれていいんだよ。手土産だけで充分ありがたいから」

「そ？」

これは紛《まぎ》れもない俺の本心である。バイト終わりの幼なじみを使役するほど、真守《まもり》家はブラック体制ではない。

「そうそう。だからとりあえず、手洗いとうがいを済ませてきなさい」

「は～い」

莉華はぴゅーっと洗面所に向かっていった。その間に俺は、優月《ゆづき》用の夕食の下準備を進める。

ところが五分経《た》っても十分経っても、莉華は一向に戻ってこない。催している様子ではなかったし、こっそり俺の部屋を物色するタイプでもないと思うが……。

突如、廊下の先から莉華《りか》の素っ頓狂な悲鳴が聞こえてきた。なんだなんだ。

調理の手を止め、声のした洗面所へ移動する。

「えー……」

莉華は水浸しの風呂場で尻もちをつき、桶《おけ》をひっくり返していた。浴室の扉や天井など、いたるところに泡が飛び散っている。排水溝にトクトクと垂れ流しているその洗剤、さっきのビニール袋に入ってたやつだけど、そもそもバスルーム用じゃないよな?

「莉華さん、弁明を」

俺が冷たい目で見下ろすと、莉華は気まずそうに視線をあちこちに動かす。

「いやー……手ぇ洗ってる時に、浴室の桶の汚れが目に入ったから、つい……。一度始めたらどんどん気分が乗ってきちゃって……」

「で、ノリノリになったあげく、濡《ぬ》れた床と泡ですっ転んだと」

「……ハイ」

「着替え、出しておくな」

「……ヘイ」

莉華にやらせてはいけない家事リストが更新された瞬間だった。

数十分後、シャワーを浴びた莉華がリビングに戻ってくる。服装は、俺のクローゼットから引っ張り出したTシャツとスラックス。シャツは大きすぎるかと思ったが、莉華は体の一部が健康的に育っているため、結果的にサイズはちょうど良さそうだった。

「もらったプリン、冷蔵庫で冷やしておいたから食べな」

「はーい」

ぼふんとソファに背を預け、莉華はプリンの蓋を開ける。

「スズは食べないの？」

「俺は食後にもらうよ」

「え、夜ごはんまだなの？」

「最近は時間が不規則なんだ」

「アタシもまだなんだ〜。だったら服とシャワー貸してくれたお礼に今日はアタシが……」

「ぜひ俺に作らせてくれ！」

さすがに引っ越し早々ボヤ騒ぎを起こすのはマズい。

それに、そのうち優月《ゆづき》が帰ってくる。お隣さんが話題の新入生だとバレたら色々と面倒《めんど》くさそうだし、ここはパパっと用意できるものを出して、今日のところはご帰宅願おう。

「じゃあ、すぐに食べられる鶏《とり》そぼろの肉茶漬けでも……」

プリンを食べながら、莉華が半眼でこちらを見つめてくる。

「……なーんか怪しい」

「え？」

「普段なら夜遅くでも、手の込んだ料理作ってくれるのに。そんなに早く帰ってほしいの？」

「い、いやぁ？」

時折、莉華《りか》は妙な鋭さを発揮する。大丈夫、ボロは出していないはずだ。

「スズ、アタシに何か隠し事してるでしょ」

「んなっ……！」

「そういう時、スズは右の頬《ほお》がひくひくするんだから。どれだけ幼なじみやってると思ってるの？」

知らなかった。驚愕《きょうがく》すると同時に、莉華への誕生日プレゼントのサプライズがこれまで一度も成功したことがない事実を思い出した。

「あーあ、寂しいなー。幼なじみが引っ越して、心の距離まで離れちゃった〜」

「や、そういうのではなく、特殊な事情が……」

「……まさかとは思うけど、これから彼女が来るとか？」

トーンが一気に低くなる。どうしていきなり色恋の話になるのだ。

「学校で妙な噂《うわさ》を聞いたんだよね。『二年の真守鈴文《まもりすずふみ》が、有須優月《ありすゆづき》に告白したらしい』って」

心臓がどくん、と飛び跳ねた。莉華のもとにまで情報は伝わっていたのか。

「もちろん、そんな噂を信じるつもりはなかったよ。スズはアイドルに興味ないし、ミーハーでもない。スズは自分の価値観を大事にする人だから」

俺を見据える莉華の目はいたって真剣だ。

「……で、どうなの？」

ウチに来た真の目的は、俺の世話でも引っ越し祝いでもなくこっちだったのか。

さて、どこまで正直に語っていいものか。

「ゆ……有須優月に告白をしたのは事実だ。でもそれには事情があって」

「事情って何さ」

俺の口から、優月がお隣さんだとバラすわけにはいかないだろう。ゆえに、「隣人関係を隠すための密談をしていたら第三者に見つかった」とは打ち明けられない。かといって一目惚《ひとめぼ》れしたとか適当な理由をでっち上げたところで、信じてもらえるとも限らないし。

何より幼なじみにそういう嘘《うそ》はつきたくなかった。

「資料室でたまたま有須優月と遭遇して、その直後に三年の先輩が来たんだよ。その人、俺と有須優月がやましいことをしていたんじゃないかって勘違いして。だから咄嗟《とっさ》に、告白のフリをしたんだ。変な噂を撒《ま》かれるよりマシかなって。ほら、向こうはアイドルだし」

真っ赤な嘘にはならない程度にごまかす。いくら優月の名誉を守るためとはいえ、幼なじみを騙《だま》すようで少し胸が痛んだ。

「……ふーん。スズが言うなら信じるけど」

莉華《りか》は腑《ふ》に落ちていない様子ではあるが、ひとまず怒りの矛を収めてくれたようだ。

「もう一度訊《き》くけど、本っ当にスズは有須優月《ありすゆづき》と付き合ってないんだよね？」

「付き合ってない。これは真実だ。莉華に心配かけたならすまなかった」

俺は顔の前で両手を合わせ、誠心誠意、莉華に詫《わ》びた。

「……わかったよ。今日も何か用事があるって言うなら、あとちょっとしたら帰るね」

「すまん、埋め合わせは今度するから」

「ところで、玄関にあった若い子向けのブーツって誰の？」

「えっ、優月はウチに上がったことはないはず……あ」

絶対零度のオーラを纏《まと》った莉華は、プリンを一気に口へ流し込んだ。

「帰るっ！」

莉華はスクールバッグを担ぎ、調理台にプリンの空き容器を叩《たた》きつけ、大股で玄関に向かっていく。っていうか、その格好のまま帰るつもりなのか！

「スズのばーか！　気管支にプリンが入ってむせちゃえ！」

追いかけようとしたところで、空き容器を床に落としてしまい、キッチンマットに茶色い染みが広がっていく。まずい、早急に正しい手順で拭かないと、カラメルソースが染み込んでしまう。

「……ああ、クソっ！」

今はキッチンマットより莉華だ。

俺が廊下に出ると、すでに莉華は玄関のドアレバーに手を掛けていた。

「待ってくれ、莉華！」

静止をスルーし、莉華は部屋を出ていってしまう。俺は靴下のまま共用廊下に出て、華《きゃ》奢《しゃ》な肩に手を置く。

「放してよ！　スズは人気アイドルとヨロシクやってればいいじゃん。どうせアタシのことは家事万能の便利なメイドとしか思ってないんでしょ！」

「それは誤解だ！」

俺は莉華が家事万能だなんて思ったことは一度もない！

「さっきも言ったけど、俺は優月と付き合ってるわけじゃ……！」

「めっちゃ親しげじゃん！　そんなに仲良しなら、いっそ同じマンションで暮らせば――」

「……なにやってるの？」

喧騒《けんそう》を切り裂くような、凛《りん》とした声だった。

俺と莉華《りか》は、同時に810号室のほうを見やる。

そこにいたのは、ドアに鍵を差し込んでいる真っ最中の優月《ゆづき》だった。

「……ねえ鈴文《すずふみ》。便利なメイドってなに？　その女の人、誰？」

『蛇に睨《にら》まれた蛙《かえる》』という言葉を辞書で引いたら、きっと例文として今の状況が出てくるのだろうなと俺はぼんやり考えていた。


「……どういうことか説明してくれる？」

今の質問は、優月と莉華、どちらの口から発せられたものだったか。

☆　☆　☆

「ねえ、本当にかき混ぜるだけでいいの？」

「ああ。これは根気強い莉華にしか頼めない重要な作業だ」

「じゃあ頑張っちゃおうかな～」

ローテーブルの左側で、莉華は手元のボウルに意識を集中させている。なんとか機嫌を直してもらえたようだ。その隙に、俺は右側に座る優月に頭を下げた。いくら偶然が重なったとはいえ、俺と優月が隣人関係であることを、同じ学校の生徒に知られてしまった。

「……事情はだいたい飲み込めたわ。元はと言えば私が鈴文を資料室に呼び出したことが原因だし、鈴文が謝る必要はないわよ」

先ほど莉華には最低限の事情を説明した。俺の引っ越し先が偶然、優月の部屋の隣だったこと。引っ越し挨拶の直後、優月が空腹で倒れかけたこと。それからちょくちょく、俺が食事を用意していること。校内での淫行疑惑を払拭するために嘘《うそ》の告白をしたのは説明済みだったが、改めて事実であると念押ししておいた。

「悪いな。莉華まで家に上げてもらっちゃって」

「別に。あの場で解散しても感じ悪いでしょ。それに……」

優月は、夢中になってボウルの中身をかき混ぜる莉華に胡乱《うろん》な目を向けている。さっき紹介は済ませたのに。いや、いくら俺の幼なじみとはいえ、優月からすれば初対面のギャルであることに変わりはない。莉華が他人に秘密を漏らさない、信頼に値する人物かどうか、自分の目で見極めようとしているのだろうか。

「……ちょっとスズってば、聞いてる？」

莉華が俺の腕を引っ張り、体ごと自分のほうへ向けさせようとしてくる。

「ごめん、なんだ？」

「この生地、ほとんど下味がついてないでしょ？　だから醬油《しょうゆ》とみりんとソースと、隠し味にメープルシロップも加えようと思うんだけどどうかな?」

「先に訊《き》いてくれてありがとうそのままでオーケーだ」

今日のメニューはお好み焼きだからな!

俺からにじみ出る不安を察したのか、莉華《りか》がにひっと笑う。

「そんなに心配なら、アタシだけ見てればいーの。アタシも料理はちょっとだけ苦手だし」

ちょっと、ちょっとかー。とはいえ、自覚はステップアップの第一歩だ。俺は幼なじみの確かな成長を噛《か》みしめていた。卓上に飛び散った生地をティッシュで拭き取りながら。

「わかったよ。莉華が一人でも作れるようにこの際みっちり指導を――」

くい、と服の裾を後ろに引っ張られる感覚があった。

振り返ると、優月《ゆづき》が俺の服の裾に手を添えていた。

「……私も、料理はあまり得意じゃない……」

優月は今までに見たことのない、もにゃっとした表情を浮かべていた。莉華を前に、どこまで素を晒《さら》すか態度を決めかねているのだろうか。

「有須《ありす》優月さーん。今アタシがスズと話してる最中なんですけどー」

「別にいいでしょ。そもそもここは私の家なんだから」

「それを言うならスズはアタシのものなんですけど!」

「いや、ちげーよ」

思わずツッコミを入れる。こりゃ、まともに取り合っていたら駄目だ。無理にでも俺が進行役を務めないと、いつまで経《た》ってもお好み焼きが完成しない。

油を引いた鉄板に、莉華がこしらえたお好み焼きのタネを敷く。ヘラで丸く成形して、中央に軽くくぼみを作る。中心は火が通りにくいため、凹《へこ》ませておくと均一に焼けるのだ。

「……それにしても噂《うわさ》のアイドルが、まさかスズのお隣さんなんてね」

ウーロン茶で舌を濡《ぬ》らした莉華は、真向かいに座る優月を見据える。

「鈴文《すずふみ》にはお世話になってるわ。色々とね」

莉華に触発されてか、優月は含みを持たせた口調で返す。

テーブルを挟み、女子二人は視線で激しく切り結んでいる。右側に優月、左側に莉華。俺はその間で調理に勤《いそ》しむ、モブの店員と化していた。

このまま睨《にら》み合いが続くと思いきや、莉華はしれっと俺の背後に移動した。どうやら優月の目力に早々に屈したらしい。まるで動物園で生まれた赤子の虎が、輸入されてきた大型動物を威嚇するように、俺の肩から顔を覗《のぞ》かせ、しゃーっと優月を威嚇している。

対する優月は一見、温和な笑みを浮かべているように見える。しかしこれはアイドルモードというより、作り笑顔で圧をかけているだけのような。

「……言っておくけど、私から鈴文に『ごはん作って』って頼んだわけじゃないからね。そんな敵意剥《む》き出しにされても困るんだけど」

優月《ゆづき》が臆する様子はまるでない。むしろ余裕すら感じる。連日のように食卓を囲むうちに、俺も優月の本心を察知する能力がだいぶ鍛えられたらしい。

「……スズのごはんが嫌なら、断ればいいじゃん」

「断ろうとはしてるわよ。……でも、つい食べちゃうんだから仕方ないじゃない」

「つまり、スズのごはんが好きなんでしょ？　それともまさか……スズが好きなの？」

「すっ……！」

優月は口をすぼめたまま、上半身を軽くのけぞらせる。

「あ、あなたこそさっきから、鈴文《すずふみ》と距離近いんじゃないの!?」

「アタシはスズのおねーさんだからいいんだもーん」

莉華《りか》はおんぶをされる子どものように、俺の背中に体重を預けてくる。

「どちらかと言えば妹でしょ絶対……」

出会って数十分で本質を見抜いているのは、莉華の性格がわかりやすいからか、あるいは優月の対人スキルが秀でているからか。

幼い頃の莉華は人付き合いが苦手だったこともあってか、いまだに同世代とのコミュニケーションの取り方には、独特なところがあった。

「あまり気にしないでいいからな、優月」

優月は莉華のペースに翻弄され徐々に疲弊してきたのか、伏し目がちにぼそぼそと何か呟《つぶや》いていた。

「……なによ、当たり前のようにベタベタしちゃって……」

「おい、優月？」

「え、うん！　全然平気！」

今度は動揺を隠すように、手うちわで顔を扇《あお》ぐ。やっぱり今日の優月はどこか変だ。

おっと、そろそろ生地が焼けてきた頃合いか。

両手にヘラを構え、勢いのままに生地をひっくり返す。

こんがりキツネ色のお好み焼きが現れた。粉もの特有の香りが部屋に広がり、ようやく場の空気が弛緩《しかん》する。

今のうちに、仕上げの材料を確認しておこう。鰹節《かつおぶし》、青のり、ソース類はすでに卓上に置いてある。そういえば、焼きそばの時の紅生姜《べにしょうが》がまだウチに残ってたよな。

「ちょっと紅生姜取ってくる」

「え、紅生姜ってウチの冷蔵庫に置いてってたんじゃなかったっけ？」

莉華の肩がぴくんと揺れた。

言われた通り佐々木《ささき》家の冷蔵庫を開けると、タッパーに入った紅生姜がちょこんと隅に置いてあった。

「あったあった、よく覚えてたな」

「そりゃ、毎日作ってもらってますから」

ぴくんぴくん、と莉華《りか》の肩が揺れる。

「……スズ、今のうちにいつもの特製カラシマヨの準備もしておくね」

「ああ、ありがとう。……一応確認だけど、大丈夫か？」

「さすがにこれくらいアタシでも用意できるよ。ウチで何十回も食べてるんだし」

今度は優月《ゆづき》の肩がぴくぴくん、と揺れる。二人とも、体内に微弱な電気を流されているかのようだ。そしてなぜか、一度は緩みかけた空気が再び張りつめていくのを感じる。

「さ、さて！　もうすぐ完成だぞ！」

これ以上深追いするのは危険だと、本能が危険信号を発している。俺は慌てて仕上げに取りかかった。

お好み焼きをホットプレートの端に寄せ、特製ソースを塗りたくる。カラシマヨは絞り袋を使ってウェーブ状に。スキンケアを施したら、青のりと鰹節《かつおぶし》のチークで演出。ヘラで六等分にカットしたものを、それぞれ莉華と優月の小皿に載せた。

「さ、二人とも召し上がれ」

「いただきます！」

テーブルの前に戻った莉華は間髪をいれず、箸でお好み焼きをほぐす。

「すごっ、生地ふわっふわ！」

「山芋を入れてるからな」

続いて、箸で刻んだお好み焼きを、大口を開けて放り込む。

「中トロトロ！　魚介コリコリ！　マヨソースうっま！」

グイグイと食べ進める莉華に対し、優月はまだ手つかずだった。いつもならここで押し問答を繰り広げるところだが、今日は莉華もいるし、どう攻めたらいいものか。

「鈴文《すずふみ》のごはんは……」

「え？」

あの優月が、自らの意志で箸を握っている。

「……鈴文のごはんは、岸部《きしべ》さんだけのものじゃないんだから！」

まるでバンジージャンプに挑むかのごとく決意に満ちた目で、お好み焼きを箸で運ぶ。

口に含んだ瞬間、優月の表情は雲を吹き飛ばした青空のように晴れやかになる。

「わっ、本当にふわふわだ……！」

今度はしっかりと一欠片《ひとかけら》、口に移す。

「キャベツと山芋の大地の香り、エビ・タコの磯《いそ》の香りが手を取り合って、ふくよかな余韻が広がるね。特製ソースとカラシマヨも、辛さと甘さのバランスがちょうどいい……」

「でしょ！　スズが何年もかけてたどり着いた配合で、パパさんママさんのお店でも採用してるんだから！」

先ほどまでいがみ合っていた二人が、今や笑顔で同じ料理をつついていた。

これこそが、お好み焼きの魅力。

海の幸と山の幸、対極の食材がひとつの生地でタッグを組んでいるように、お好み焼きの前では誰もが対等だ。食事という万国共通のコミュニケーションは、人の立場や関係をも悠々と飛び越えてしまう。

おいしい料理は人を笑顔にしてくれる。そこには喧嘩《けんか》も小競り合いもない。

これこそまさに世界平和。

お好み焼きは、我が国が誇る平和の象徴フードなのだ！

俺が二枚目の調理に取り組んでいると、左隣から強い視線を感じた。莉華《りか》が箸を握ったまま、じーっと俺を見つめている。

「スズも焼いてばかりいないで食べよーよ」

「俺のことは気にしないでいいよ。二人が腹いっぱいになった後に自分用の作るから」

ところが莉華は自分の箸を置き、代わりに俺の箸を握った。そしてホットプレートの上にあるお好み焼きを持ち上げる。これはまさか……。

「あーん♪」

普通に考えれば喜ばしいシチュエーションなのかもしれない。だが目の前に差し出されたのは一ピース丸ごと。しかも、今の今まで焼かれていた熱々のものだ。

「や、莉華、さすがにこのサイズは」

「あーん♪」

莉華は純粋な親切心のようだった。俺は覚悟を決め、口を開ける。

「あ、あーん……あっっっ！」

石炭をくべられたように、口内の温度が急上昇する。俺はお好み焼きを必死に舌で転がし、粗熱を取った。すかさずウーロン茶で追いかけ、口の中を冷却する。

「鈴文《すずふみ》、こっちこっち」

莉華の反対側を見やると、優月《ゆづき》が口を開けていた。その手に箸は握られていない。

「あーん」

「え？」

「だって、鈴文は私にいっぱい食べさせたいんでしょ？」

「それは、その……」

優月の無防備な口が目の前にあった。真っ白な歯は綺麗《きれい》な配列で、お好み焼きを食している真っ最中だというのに、青のりも鰹節《かつおぶし》も一切付着していない。

「鈴文は岸部《きしべ》さんにあーんしてもらったんだから、鈴文は私にあーんしないと。ほらほら、私をメシ堕《お》ちさせるチャンスだよ？」

今日の優月はなぜか、いつもより食に積極的だ。確かに攻勢をかけるなら絶好のチャン

スと言える。それなのに、瞼《まぶた》を閉じて大人しく口を開いている優月《ゆづき》を前にすると、いけないことをしているような気分になってしまう。

「早く、あーん」

「あ、あーん……」

震える手で、お好み焼きを優月の口へ運ぼうとした時だった。

「はいどーぞっ！」

突如、横から莉華《りか》の手が飛び出してくる。

「むぐっ！」

「鈴文《すずふみ》の代わりにアタシがいくらでも食べさせてあげるからね～。どんど～ん」

「ぐむ、むぐぐぅ！」

わんこそばのごとく次々にお好み焼きを押し込まれる優月の口は、餌を溜《た》め込むハムスターのようになっていた。

「むぐ……ぷはっ！　ちょ、何するの！」

「だってあーんしてほしかったんでしょ？　ヨカッタネ～」

本日何度目かの、視線の交錯。二人の中央、ちょうど俺の前あたりで火花が狂い咲く。

どちらもまったく引き下がろうとしない。

優月と莉華が、行動に移したのは同時だった。

右側から優月《ゆづき》の手が、左側から莉華《りか》の手が伸びてくる。

「「はい、あーん!!」」

箸からこぼれんばかりのお好み焼きが、俺の目の前にあった。

「「ねえ、どっちを選ぶの!!」」

俺はホットプレートにヘラを置き、暗澹《あんたん》たる気分でため息をついた。

この二人、正反対かと思いきや、息ぴったりじゃねえか。

ROUND. 6 「早く作れ♥」

桜の花はすっかり散り、若葉が次の光を育む時期になった。気温も徐々に上がってきて、まだ四月下旬だというのに夏日に到達する日も増えつつある。

この二週間弱、有須《ありす》優月のファンを名乗る男に襲撃を受けることもなければ、三神《みかみ》先生が優月の席に頬《ほお》ずりをする現場にも出くわしていない。クラスメートの俺への告白イジりも一段落して、日常はすっかり落ち着きを取り戻している。

俺は毎日のごとく二人分の食事を用意しては隣の家に突撃し、隣人は抵抗する素振りを見せつつも最終的には陥落するという、いたって平和な日々が続いていた。

GWを控えた日曜日。俺は朝イチで宿題を終わらせ、のんびりとした休日を送っていた。

ぴん、ぽーん。

自宅のチャイムが鳴る。

父さんから食材が届くとの連絡は受けていない。808号室のご夫婦も朝から出かけている。とすれば、呼び鈴を鳴らす人物の正体は実質二択だ。

茶髪ギャルの幼なじみか、お隣の人気アイドルか。

モニターに映っていたのは、後者だった。

扉を開けると同時に、俺はわずかに警戒心の火を灯《とも》す。

以前に優月《ゆづき》が我が家のチャイムを鳴らした際、その手には写真集を持っていた。あの日は目の前で水着姿になられるわ、お腹《なか》を触らせてもらうわ、変な空気になるわでそれはもう色々とあれこれ大変だった。思春期男子の脆弱《ぜいじゃく》さを侮らないでほしい。

「おはよう、何かあったか？」

無地のカットソーにデニムパンツ姿の優月は、なぜかもじもじしていた。手を後ろに組み、明らかに何かを隠している。

「す、鈴文《すずふみ》って、頭悪い？」

なんだ、その新手の煽《あお》りは。

「や、ちが、勉強得意なのかなって」

優月の後ろを覗《のぞ》くと、参考書とプリントが握られていた。

「……もしかして、勉強を教えてほしいのか？」

参考書で顔を隠し、優月がもぞもぞと呟《つぶや》く。

「……鈴文に、権利をあげます」

「は？」

「アイドルと一日デート権。そう、これは鈴文をファンにオトすための作戦なの。机で密着しながら勉強することで鈴文をドキドキさせる高度なテクニックで……」

「正直に白状しなさい」

うっ、と優月は一瞬言葉に詰まったが、またもごもごと言い訳を始める。

「その、学校はあまり行けてないし、早退も多いから……。一応救済措置的な感じで課題を提出すればオッケーってことになってるけど、救済を謳《うた》う割に容赦ないっていうか、ボリュームが尋常じゃないっていうか、一人でやっても絶対終わらないっていうか……」

「だったらクラスの友達と集まって勉強会開くとか」

「それは駄目っ。別におバカキャラで売りたいわけじゃないし、それにその……登校すれば普通に喋《しゃべ》るくらいの子はいるけど、わざわざ休みの日に声かけるのも悪いし、課題に協力してくれるくらい仲良《い》いかって聞かれると微妙だし……」

目元や口元は隠れているが、参考書からはみ出た耳は赤く染まっていた。きっと俺のもとを訪れる前に、何度も迷ったに違いない。今だって懸命に勇気を振り絞っているのだ。

「……いいよ。ちなみにさっきの返事だけど、一年の学年末テストの順位は二十位だった」

優月の表情がぱあっと明るくなる。こういう子どもっぽい顔を見ると、年下なのだなぁと実感する。

「じゃ、今から私の家で……」

「あ、ごめん。ちょっと今、家でやらなきゃいけないことがあってさ。ウチでいいか？」

数瞬の間が生まれる。

「……えっ？　あ、うん、いいよ？」

「オーケー。じゃ、入って」

「えと、ちょっと色々準備してくるから……」

「了解。それじゃまた後で」

　扉が閉まる直前、「別に今さら心配するようなことはないし……岸部《きしべ》さんだってたぶん何もなかったし……」と独りごちていたが、何だったんだろう。

　まあいいや。

　俺が唇の端を吊《つ》り上《あ》げていたのを、きっと優月《ゆづき》は知らない。

☆　☆　☆

「おじゃましま～す……」

　警戒心の強い猫のように身を縮めながら、優月がリビングに入室する。

「なんかシンプルな部屋だね。鈴文《すずふみ》んちって感じ」

　それはお互い様だけどな。優月の部屋だって装飾品の類はほぼなかったじゃないか。

「じゃ、早速やるか。これ、ウーロン茶な。茶葉たっぷりだから濃いめでうまいぞ」

　グラスを置き、リビングのローテーブルで向かい合う。教科は英語が中心のようだ。

「それで、どこから聞きたいんだ？」

「えっとね、プリントのここなんだけど……ん？」

優月が周囲を見回す。思ったより早かったな。

きっと優月は正体不明の違和感に包まれていることだろう。さすがに部屋の最奥までたどり着いたら、嫌でも気付いてしまうか。

だがもう遅い。玄関の扉はチェーンも掛けてしっかり施錠したし、スマホはさりげなく手の届かない位置に移動させた。助けを呼ぼうにも、808号室の老夫婦は今朝から大分《おおいた》旅行に出発している。いくら叫ぼうが、声は誰にも届かない。

「……鈴文？　どうして笑ってるの？」

「いや、気にしないでくれ。それよりさっさと課題を始めよう」

俺がプリントに手を伸ばすと、優月はさっと手を引っ込めた。

「……私、やっぱり帰ろうかな。こういうのは自分の力でやらないとね」

「遠慮するなよ。ほら、ウーロン茶でも飲んでスッキリしたらどうだ？」

「……」

沈黙が場を支配する。換気扇の音が、やけにうるさく感じた。

「……鈴文、もしかして……」

勢いよく立ち上がった優月の腕を取る。

「逃がすわけないだろ？」

きっと鏡に映る俺は、さぞ下品な笑みを浮かべていることだろう。

「や……やだ……放して……！」

みるみるうちに、優月《ゆづき》の目に滴が溜《た》まっていく。

やがて優月は、悲鳴に近い声を上げた。


「だって、『家二郎《いえじろう》』作ってるでしょ！」


俺はそっと手を放し、キッチンへ移動する。

コンロにはふたつの大鍋。片方ではぐらぐらと、大量の野菜と豚骨と背脂を煮込んでスープを抽出している。もう片方の鍋では、青ネギと一緒にチャーシューを茹《ゆ》でている。家庭の換気扇では到底排除しきれない強烈なにおいが、脳を激しく揺さぶった。

「こういう手の込んだ料理って、休みの日じゃないとできないんだよ。二郎系おなじみの強力粉を使った極太麺も、前日までにはこしらえて寝かせないといけないし」

ラーメン二郎丸《じろうまる》。通称『二郎丸』。世の男性に熱烈な支持を得る、ラーメンチェーン店だ。

特徴はなんといっても、ドカ盛りという言葉では片づけられない圧倒的なボリューム感と、うま味調味料たっぷりで健康は二の次の強烈な味付け。トッピングもニンニク、背脂、厚切りチャーシューなどバイオレンスなラインナップだ。二郎丸の味・ボリュームを軸に独自のアレンジを加えた「インスパイア系」「二郎系」なるジャンルも存在する。

本家の二郎丸は行列が絶えず、また中毒的と言われるほど癖になる味わいから、自宅で二郎丸の味と量を再現する者も多い。それが「家二郎」の正体だ。

「なあに、食べるか食べないかは優月の自由だ。もっとも、課題を終えてクタクタになった状態で、家二郎の暴力的なビジュアルに抗《あらが》えるかは知らないけどな」

ましてやシャーペンを走らせている最中、リビングには絶えず肉と脂のにおいが漂い続けているのだ。いくら抵抗しようと試みたところで、嫌でも脳は屈服する。

勉強疲れで判断力が低下したところに、「課題を終えた自分へのご褒美」として繰り出されるカロリーの悪魔。これに誰が打ち勝てようか。

ぺたんと女の子座りをする優月の前で、俺は言い放った。

「さあ、勉強を始めようか」

☆　☆　☆

優月は序盤の一時間、わき目もふらず、ひたすら課題に向き合い続けた。本能に打ち勝つため、テーブルの外を視界に入れるわけにはいかなかったのだろう。

勉強自体は順調だった。さすが普段から歌やダンスをやっているだけあって、優月《ゆづき》は物覚えが良い《い》。教えたことはすぐに習得するし、自力で応用問題を解くほどの適応力もある。

とはいえ、二郎丸《じろうまる》のにおいが充満する環境での学習は、着実に優月の精神を蝕《むしば》んでいった。目は虚《うつ》ろになり、焦点もブレていく。やけに熱心に書き連ねているなとノートを覗《のぞ》いてみたら、写経のように「二郎丸二郎丸二郎丸二郎丸二郎丸二郎丸二郎丸二郎丸二郎丸二郎丸二郎丸二郎丸」と一面びっしり欲望で埋め尽くされており、恐怖を覚えた。

そんなこんなで陽《ひ》が落ち始めた頃。無理やり詰め込んだ膨大な知識と度重なるメシの誘惑により、優月はついに限界に達したようだった。虚脱状態だった目にぐるぐると渦が浮かび、口をぱくぱくさせる。

「……も……り」

「え？」

「もう無理っ！」

白旗宣言とともに、優月はボンッとパンクした。シャーペンを落とし、テーブルに頭から突っ伏してしまう。肩をゆすってもピクリとも動かず、まるでテーブル周辺だけ時間を切り取られてしまったかのようだ。

「お、おい、大丈夫か？」

次に起き上がった瞬間、優月の双眸《そうぼう》が俺をがっちり捕捉していた。まるで肉食獣のごとく、鋭い眼光を放っている。

「……ねえ、そろそろ夜ごはんにしない？」

家二郎《いえじろう》作戦が成功した瞬間だった。

ところが、俺には手放しで喜べない理由があった。

「……却下。締め切りは明日なんだから、全部やっつけるまでメシはお預けだ」

ノルマ未達では、心おきなく家二郎を堪能できない。

「ごはん食べたら良い気分転換になるよ。モチベーションも上がるし」

「ラーメンなんて食ったら絶対眠くなるだろ。だーめ」

食事をせっつく優月に、咎《とが》める俺。普段とは立場が逆転していた。

本当は俺だって、今すぐに参考書を放り出して夕食の用意に取りかかりたい。だが課題がまだ残っている以上、どちらを優先すべきかは明白だ。

「わからないところは全部教えてもらったし、後は私一人でもできるよ。片づけの時間を考慮したら、すぐにでも支度を始めたほうがいいんじゃないの？」

「べ、別に問題ない。どのみち大鍋は水に浸して、洗うのは明日になるし」

「洗い物は明日やるとしても、今日やり残した家事はほかにもたくさんあるでしょ？　さっさとごはん食べて、あとは自由時間にしようよ」

いつの間にか隣に移動していた優月が、耳元で囁《ささや》き始める。全身がゾワゾワして、思考が散り散りになる。

ずっとテーブルにかじりついている優月《ゆづき》と違い、俺は定期的に鍋の前に立っている分、蓄積している欲求はデカい。今にも暴発しそうな食欲を、必死に抑えつけている。

「もう疲れたでしょ？　昼間からずっと勉強教えてくれたもんね。鈴文《すずふみ》は偉いよ」

唐突に頭を撫《な》でられる。褒められることに慣れていないからか、頭部に意識が集中してしまう。

「胃の腑《ふ》をダイレクトに刺激する濃厚なスープ、ムチムチ・ワシワシの極太麺、ガツンとした刻みニンニク、肉感豊かな肩ロースのチャーシュー……。もう我慢しなくていいんだよ。家二郎《いえじろう》は、いつでも好きな時に食べられるから家二郎なんだよ」

視界が歪《ゆが》む。頭に霞《かすみ》が立ち込める。考える力が失われていき、身を委ねたくなる。

「お、俺、は……」

トドメの一撃とばかりに、優月の唇が耳元でゼロ距離になる。


「早く作れ♥」


吐息に乗った甘い声が、耳を通じて脳の指揮系統を上書きする。

「……はい」

俺は立ち上がり、ふらふらとキッチンへ向かう。

スープと脂を一体化させる、乳化の作業もちょうど終わりを迎えたところだった。まるで俺たちがメシ堕《お》ちするタイミングを見計らっていたかのように。

冷蔵庫から取り出したのは、昨晩に準備しておいた極太麺。小麦の皮の部分が多く含まれており、独特の風味を味わえる。これを沸騰したお湯に投入し、硬めで引き上げる。

濃口醤油《しょうゆ》、みりん、うま味調味料で仕上げたタレ《カエシ》1に対し、乳化スープは5の割合。ここに、通常のラーメンの倍はある三百グラムの麺を入れる。天地を返して麺をなじませたら、次はトッピングだ。

大量のモヤシ、ザク切りのキャベツは、クタ気味に茹《ゆ》でてある。ここに少量のカエシをかけて味をなじませたら、麺に戴冠することになる。

俺の肩口から調理の模様を見守っている優月《ゆづき》に、問いかける。

「ニンニク、入れますか？」

これは二郎丸《じろうまる》またはインスパイア店における、トッピングの確認である。

「ヤサイ」とコールすれば、モヤシとキャベツが山盛りに。

「ニンニク」とコールすれば、刻みニンニクがたっぷりに。

「アブラ」とコールすれば、背脂の雪が優雅に降り積もる。

「カラメ」とコールすれば、カエシを上からかけてくれる。

「マシ」や「マシマシ」と言えばさらにボリュームアップ。

肉を増量したい時は「ブタ」「大ブタ」などの券を買う。

店舗によって多少の違いはあるものの、コールは二郎系の代名詞と言えよう。

やがて、優月が口を開く。


「ヤサイニンニクマシマシアブラカラメマシ、大ブタダブルで」


迷いのない、堂々としたコールだった。

まずはクタ気味の野菜を、トングで丼に積み上げていく。頂の標高は、ゆうに三十センチを超えている。続いて、幼児のゲンコツくらいはありそうな刻みニンニクの塊を、野菜の脇に添える。その隣には、肩ロースのチャーシューを八切れ。大胆にカットした豚肉には、カエシがしっかり染み込んでいる。最後にアブラ。粗めに潰したトロトロの背脂を、まんべんなく振りかける。白い粒を全身に纏《まと》ったラーメンは、まるで雪の妖精だ。

「お待たせしました。『ヤサイニンニクマシマシアブラカラメマシ、大ブタダブル』です」

テーブルに着丼した瞬間、優月がごくりと喉を鳴らした。割りばしを握る手は、ジャンキーのごとく震えている。呼吸も荒く、まるで血肉に飢えた怪物だ。

鎮座した丼は、砂漠に突如出現したオアシスのようでもあった。勉強で疲労が溜《た》まった優月《ゆづき》と俺にとっての、恵みの水。

「「いただきます!!」」

俺たちは、同時に割りばしを丼に侵入させた。だが一刀目では到底麺にたどり着けない。

まずは背脂たっぷりの野菜をジャクリ。

「クタッとした野菜にアブラとカエシが適度に絡んで、胃袋を刺激してくれるな」

素材単体では味の主張が弱いモヤシやキャベツだからこそ、アブラやカエシの魅力をより引き立ててくれる。

優月は無言で野菜の山にがっついている。油分で唇がテカテカになっても気にする様子はなく、一心不乱に頬張《ほおば》っていた。

野菜を一気に半分近く胃に収めたところで、ようやく息を吐く。

「背脂に甘みがギューッと詰まってる……♥ 野菜だけでも立派なおかずだね……♥」

続いて優月が箸を伸ばしたのは、厚切りのチャーシュー。

「わっ、口に入れた瞬間にホロリと解ける~♥ 味が中までしっかり染み込んでるから、噛《か》むたびに肉汁とともに旨《うま》みが溢《あふ》れ出てくるの♥ 口内がこってりしたところで、濃いめのウーロン茶を飲むと、すっきり洗い流せるのが快っ感♥」

俺はまだチャーシューには手をつけず、丼の底に沈めておく。こうすることでスープのエキスが染みわたり、さらに柔らかくなるのだ。

一足先に、俺は麺に到達する。硬めに茹《ゆ》でた麺を持ち上げると、弾《はじ》けるように汁が飛ぶ。

「このワシワシした食感がまさしく二郎《じろう》系の醍醐味《だいごみ》だよな。口の中でモチモチと跳ね回って、まるで生きているみたいだ」

「液体のアブラでコーティングしてるから、口当たりが滑らかだよね。がっしりなんだけど、うどんみたいにツルツルいけちゃう♥」

全体の半分も食べ進めると、額に汗が浮かんできた。ハンカチでいくら拭き取っても吹き出てくるので、途中からは腕で拭っていた。

向かいに座る優月も、暑さを感じているようだった。顔に浮かぶ大粒の汗は、どこか艶《なま》めかしい。

二郎丸《じろうまる》の象徴でもある山盛りのニンニクは、発汗作用の促進に加え、アドレナリンの分泌も促す効果があると言われている。

いつしか俺たちはニタニタと奇妙な笑みを浮かべながら、ラーメンにがっついていた。勉強疲れ、待ちに待った家二郎《いえじろう》、空腹状態からの多量のニンニク摂取は、人をトランス状態へ導くのに充分だった。

そして食事の後半戦、事件は起きる。

突如、優月が割りばしを置き、唇を指でなぞった。

さすがの優月も、二郎丸の完食は難しかったか？

そう思った瞬間。優月《ゆづき》が両腕をクロスさせてカットソーの裾をつかんだ。

「……へ？」

この動きには見覚えがあった。「焼きそば事変」の際、水着になるために取った行動だ。

「んっ、よいしょっ」

無論、今回は中に水着を仕込んでいたわけではない。

水色ビキニの代わりに現れたのは、薄桃色のキャミソールだった。

上半身を支えているのは、細い二本の紐《ひも》のみ。肩や脇まわりが露《あら》わになっており、汗がにじんでいる。

「ぐっ……！」

マズい、気管支に麺が入った。急いでウーロン茶で流し込む。

落ち着け。なにもブラジャーってわけじゃない。肌を覆っている面積は、街中で見かけるヘソ出しのY2Kファッションに比べればよほど広いじゃないか。

「あっつい……」

手でパタパタと扇《あお》ぐ優月の腕や脇の下には、うっすらと汗が光っている。

「……なに？　チラチラ見て」

「や、別に」

無理だ！　異性の下着姿をまともに見たことがない思春期男子にとって、キャミソールなどもはや的のデカいブラと同じである。

一方の優月は、狼狽《ろうばい》する俺を気にかけることなく食事を再開する。耳元の髪をかきあげる仕草、ちらりと覗《のぞ》く脇、汗ばんだデコルテ。ラーメンに集中しようと思っても、視線がテーブルの向かいに吸い寄せられてしまう。

優月がホロホロのチャーシューにかぶりつくと、繊維の隙間からスープと肉汁が弾《はじ》け飛《と》ぶ。顎に付着した汁を手の甲で拭い、舌先でぺろりと舐《な》めとった。

麺を啜《すす》るさまは豪快で、口をすぼめて一気に吸い上げる。ツヤツヤの麺は、唇にアブラという名のルージュを引く。

俺の手元の麺は、すっかり伸びてしまっていた。

「ごちそうさま！」

グラスのウーロン茶を一気飲みし、優月はぷはーっと息を吐いた。器の中にはスープ以外、モヤシの一本も残っていない。

俺も煩悩と闘いながらなんとか完食し、二人でリビングに倒れ込む。

「また食べちゃった……。でも今日はやむなし……！」

倒れた拍子に優月のキャミソールがめくれ、おへそが露わになる。あれだけの量を取り込んだというのに、腹部はまったく膨れていない。優月は慈しむようにお腹《なか》を上から下へと撫《な》で、薄桃色の布で覆った。

仰向《あおむ》けになった優月《ゆづき》は、背で這《は》うようにすすすと近づいてきて、俺の左隣に並ぶ。

「どうかしたか？」

「ううん、鈴文《すずふみ》の家でごはんを食べるなんて、少し前までは考えられなかったなって」

近い。上気した頬《ほお》と白い首筋のコントラストも、呼吸で上下する胸元も、はっきり視認できる。手を伸ばせば余裕で届く距離だ。俺たちの間にある透明な薄い壁を、今すぐ破ってしまいたくなる。

自分の気持ちをごまかすように、俺は無難な質問をした。

「……勉強、再開できそうか？」

「めんどくさ～い、このまま寝ちゃいた～い……」

優月の目はとろんとしており、すぐにでも瞼《まぶた》の上下がくっついてしまいそうだ。

だから、メシは課題が終わってからにしようって言ったのに。俺は苦笑いしつつも、優月を無理に引き起こすことはしなかった。

「……私、久々に休日っぽい過ごし方したかも」

言われてみれば、これまでの土日も優月はいつも仕事に出かけていた。ブレイクしてから、丸一日の休みなんて数えるほどしかないのかもしれない。

課題をやって、メシを食って、寝転んで。何気ない日常がこんなにも楽しい。

「……ねえ、またお休みをもらえたらさ」

寝転んだまま、優月が視線を投げかけてくる。

「今度は午前中には課題を終わらせるから、午後はどこか……」

ところが、優月は何かに思い至ったように眉尻を下げ、そっぽを向いてしまう。

「……やっぱり、何でもない」

自慢のロングヘアはしなだれて、心なしか艶《つや》を失っている。

学校の女友達は気軽に誘えない、都合のつきやすいマンションの隣人は男。いくら俺たちが交際していないとはいえ、二人で出歩いてツーショットを撮られようものなら一発アウトだ。たまの休みでさえ、優月は人前で堂々と遊ぶことも許されず、アイドルの仮面を被《かぶ》り続けなければならないのだろうか。

「……実は最近、ボードゲームに興味があるんだよな」

「え？」

「千円以内で、なかなか本格的なボドゲが売ってるんだよ。家庭用のやつ。でもああいうのって、二人用でも対戦相手が必要だろ？　クラスの友達は興味なさそうだし、もし優月の時間が空いたらでいいから、付き合ってくれないか？　筋トレとか諸々《もろもろ》の練習の隙間時間だけで構わないからさ」

辛抱強く返事を待っていると、優月は自身の髪を撫《な》でながら、小声で言葉をこぼす。

「……まあ、時間があったらね」

「……ああ、時間があったらな」

なんとなく、「おうちデート」という言葉が頭に浮かんだ。でも茶化《ちゃか》すのは悪いと思って、口にするのは止《や》めておいた。

「そ、それよりもうすぐGWだけど、鈴文《すずふみ》は予定とか決まってるのっ？」

「俺か？　前半で一気に宿題を終わらせて、一日くらいはクラスの友達と出かけるかもな」

優月《ゆづき》の状況を知った今では、遊びの計画を入れるのが申し訳なく思えてくる。とはいえそれを口にすると逆に優月を気遣わせてしまいそうなので、心の内に留《とど》めておく。

「あとは、莉華《りか》がペンギンショー見たいっていうから水族館に付き添いの予定」

「……へー。岸部《きしべ》さんと」

「誕生日以外でどこか連れてけって言うの、珍しいんだよな。お好み焼きを食べた日あたりから、頻繁に誘いのメッセージが来るようになってさ。あの店のスイーツが食べたいとか、あの映画が面白そうとか。受験勉強を始める前に、遊び倒したいってことなのかな」

先月まで莉華とはお隣さんだったため、一緒にいる日は外出ではなく、大抵どちらかの家でまったり過ごしていた。黙々と漫画を読んだり、それこそお好み焼きを作ったり。物理的な距離が生まれたことで、付き合い方も変わってきているのかもしれない。

莉華が高校を卒業すれば、いよいよ接点も少なくなる。アイツに恋人ができたりしたら、迂闊《うかつ》に連絡もできないかもしれない。それはとても寂しいことのような気がした。

優月だって同じだ。ただの男子高校生である俺が現役アイドルと関わりを持てているのは、家が隣同士という偶然あってこそだ。

ちらりと優月を一瞥《いちべつ》すると、何やらうんうんと唸《うな》っていた。やがて起き上がり、ニンニクや背脂のエキスが溶け込んだスープをすすった後、決意するように口を開いた。

「……水族館での様子、きちんと報告してね」

「へ？」

「だから、どこを回ったとか、何を食べたとか、全部。十五分ごとにメッセージ送ること」

なんだそりゃ。もしかして優月もペンギンが好きなのだろうか。あるいは連休中どこにも遊びにいけないからこそ、俺の実況で気分だけでも水族館を味わいたいのかもしれない。

「なら動画で送ってやるよ。莉華が横でうるさいかもしれないけど」

「……写真でいい。自撮りのやつ」

「自撮り？　水族館って薄暗い場所が多いから、あまり顔が写らないんじゃ」

「いいの！　てかペンギンもイルカもイソギンチャクもそんな興味ないし！」

だったら何に興味があるんだよ。

なぜか優月はぷりぷりと怒っていた。こういう時は下手に探りを入れず、締めのデザートを差し出すのが一番だ。

ラーメンで重たくなった体を起こし、優月に問いかける。

「シャーベットはバニラとオレンジ、どっちがいい？」

「オレンジ。……あと」

「ミント多めな。わかってるよ」

「よろしい♪」

腰を上げると、優月《ゆづき》はもうニコニコしていた。

コイツとの付き合いもそろそろ一か月になるが、改めて思う。

いくら家事スキルを伸ばしても、女心だけはさっぱりわからん。

ROUND. 7 「送ってくれてありがと」

高校生活二年目がスタートして、約一か月。

GWは、さながらラーメン二郎丸《じろうまる》の回転率のようなスピード感で過ぎ去っていった。俺は夜な夜な穂積《ほづみ》の長電話（主にノロケ）に付き合ったり、『合園奇宴《あいえんきえん》』のダクト掃除を手伝ったりとスローライフを送る一方、隣人は土日祝日も関係なくフル出勤だったようだ。

ちなみに、莉華《りか》と水族館には行けなかった。

直前で莉華が体調を崩してしまったからだ。なんでも、連休の前半で遊び過ぎてHPが早々に尽きたらしい。お詫《わ》びのメッセージが来たので、代わりにお見舞いに行った。

「迷惑かけてごめんね……。アタシはスズのおねーさんなのに……」

莉華はひどくしょげていたが、俺が薬味たっぷりうどんを作ってやるとニコニコしながら啜《すす》っていた。

五月は中間テストもあるし、次の祝日まで二か月以上も空くしで、二年A組のテンションはえらく低い。穂積は、次回のテストで赤点を取ったらデート禁止を言い渡されたらしく、まるで長年清掃を怠っていた川に蓄積した汚泥のごとく沈んでいた。

ちなみに穂積は一年の学期末テストでは、半分以上の教科で赤点を取っている。放課後の勉強指南役を乞われたので引き受けたものの、さて、何日持つかな。

かくいう俺も、お隣さんとは一週間も食事をともにできず、気分上々とは言い難《がた》い。

優月《ゆづき》の所属する【スポットライツ】は、最近でこそバラエティ番組でもちらほら見かけるが、本業は人前で歌って踊るアイドルだ。近々東京《とうきょう》で大きめのライブを行うらしく、優月をはじめとする【スポットライツ】の面々は、連日遅くまでリハーサルに励んでいるそうだ。

そういえば俺は優月と知り合ってから、彼女たちが歌って踊る姿をちゃんと観覧したことがなかった。配信チケットもあるらしいし、買ってみようか。

帰りのHRが終わり、前の席でうなだれる級友に声をかける。

「ほら、勉強するんだろ。図書室行くぞ」

「……やっぱり来週からにしようぜ」

まさかの初日リタイア宣言。だがここで引き下がるほど、俺も無責任じゃない。

「こういうのは習慣化が大事なんだよ。ほら、さっさと立て」

ほかのクラスメートが次々に教室を去っていく中、穂積《ほづみ》はしつこく机にしがみつく。

「鈴文《すずふみ》、お前はもう少し人の頼みを断ることを覚えたほうがいい」

自分から頼んでおいて、なんだそのアプローチは。

「お前は一年の頃から、人に与えてばかりだ。立候補者のいない委員会を引き受け、林間学校ではよその班の火起こしを手伝い、バレンタインデーにもホワイトデーにもクラスメートにお菓子を振る舞い、新学期初日に女子の制服のボタンが外れればすかさず縫い」

「……別に好きでやってるからいいんだよ」

近しい人が困っていたら、俺はできる限り手を差し伸べたい。マンションのお隣さんだろうとクラスの友人だろうと、助けたいから助けるというだけの話だ。

「何でもかんでも請け負うのはお前の自由だが、たまには人を頼れ。周りに意見を仰げないから、一目惚《ひとめぼ》れしたアイドルに初日から愛の告白をかましたりするんだ」

「それはもう忘れてくれ」

きっと三年生になっても、いずれ同窓会を迎えても、このネタは擦《こす》られ続けるのだろう。

「よく聞け、穂積。今日は十五分だけでいい。たったの十五分だ。最初のハードルさえ飛び越えれば、勉強だって惰性で続けられる」

穂積の腕を引き上げ、無理やり図書室へ連行する。成績不振が原因で、友人が恋人とデートできなくなるのは俺だって悲しいのだ。

結局、この日は穂積を一時間勉強させることに成功した。やはり一度着手さえすれば、後は勢いでどうにかなる。終盤には、「オレもようやく勉強の奥深さに気付いたぜ！」と興奮していた。どうせ明日になったらリセットされるんだろうけど。

俺はお先に図書室を離脱し、学校を出た。

　さて、今日はどこのスーパーに寄ろう。たまには商店街の個人店を覗《のぞ》いてみようか。あと、ドラッグストアで洗剤と歯ブラシと排水管クリーナーを買っておかねば。そろそろクリーニング屋でコート類も回収しておこう……。

　穂積《ほづみ》はああ言っていたが、俺は家事が好きだ。人の役に立つのが好きだ。決して無理をしているわけじゃないし、自分のキャパシティはちゃんと弁《わきま》えている。

　優月《ゆづき》も、最初こそ俺がメシを作るのを迷惑そうにしていたものの、最近は割と受け入れてくれているのではと思う。ずっとこんな風にいられたら、なんて祈るのは贅沢《ぜいたく》だろうか。

「……優月に会いたいなぁ」

　唐突に口から出た願い。顔を突き合わせて、雑談するだけでいい。だがライブの日程が迫っているし、その後もすぐにファンミーティングがあるとか言っていたような。「すずふみっ」まさか五月はずっとすれ違い生活だったりして……。優月の両親は地元の新潟《にいがた》で暮らしているそうだが、コミュニケーションは取れているのかな。「すーずーふーみー」そろそろ母の日も近いし、テレビ電話でもしてあげたらきっと喜ぶだろう。

「鈴文《すずふみ》ってば！」

　思考が、藁《わら》で作った家のごとく一気に吹き飛んだ。

　藁の家の中から現れたのは、優月だった。

「さっきから話しかけてるのに、無視しないでよ！」

優月は制服姿だった。ブラウンのブレザー、真っ赤なネクタイ、黒のスカート。

女子高生モードの優月も、何度見ても可愛《かわい》い。

「……悪い。考え事してた。帰りか？」

「うん、今日は午後からだけどね。一緒に帰ろ？」

俺の返答を待たずに、優月は先を歩いていく。

「いや、学校では他人のフリをしようって」

「もう学校の外じゃん。それに校舎からだいぶ離れたし、大丈夫だよ」

確かに、通学路に制服姿の若い男女は見当たらず、車の往来もない。

「でも、週刊誌とか警戒したほうがいいんじゃ」

「家が隣同士なのも学校が同じなのも事実なんだから、それくらいでわざわざ記事にしないよ。それこそ、公共の場で手をつないだりでもしない限り」

「優月がそう言うなら……」

資料室での密会時はかなり慎重だったのに、心境の変化でもあったのだろうか。俺は歩く速度を落とし、優月の横に並ぶ。二人分の間隔を空けて。やはり用心するに越したことはない。だが距離を取ろうとする俺に対し、優月はどこか寂しげな表情を覗かせる。

「……もうちょっと近くでいいのに……」

学校からマンションまでの距離は、徒歩で二十五分ほど。そろそろ自転車を買おうと思っていたけれど、こんな僥倖《ぎょうこう》があるならもう少し徒歩通学を継続してみようか。

道中、俺たちは世間話というやつをした。授業が急に難しくなってきたとか、クラスの女子が三年の先輩にナンパされたとか、友人に勉強を教えることになったとか、誰かさんが毎日ごはんを作るから筋トレの量を増やしたとか、まるでただの友達のように。

「あ、こんなところにファボマできたんだ」

オープンしたばかりらしく、「新規開店」ののぼり旗がはためいている。

フェイバリットマート、通称『ファボマ』。業界二位の店舗数を誇るコンビニエンスストアだ。シーズンごとに発売するスイーツやレジ横のホットスナックは高い人気を誇る。中でも断トツの人気商品が、店の名を冠した骨なしフライドチキン『ファボチキ』である。二〇〇六年の発売以来、ファボマを代表するホットスナックとして愛されている。

俺は冗談交じりに、こんな提言をしてみる。

「高校生らしく放課後の買い食いでもするか？　奢《おご》ってやるよ」

「……む」

即座に拒絶の言葉が飛んでくるかと思いきや、優月《ゆづき》は変な姿勢で硬直している。検討に全リソースを費やしているようだ。もしかして、押したらイケそうか？

「新店舗だし、きっと揚げたてサクサクのチキンが並んでいるんだろうなぁ」

「……むむ」

「優月は近頃、ライブの直前リハーサルとか色々頑張ってるから、ご褒美をあげたいんだよなぁ。今のうちに英気を養っておく必要もあるだろうし。労《ねぎら》わせてくれないかなぁ」

横から、制服の袖がくいっと引っ張られる。

「……それは、奢らせてくれるって意味か？」

「……むん」

どことなく、寝起きで不機嫌な女児を思わせた。

「わかったよ。俺が買ってくるから、好きなの選べ」

ここから優月は、十分以上にわたりスマホで公式サイトの商品一覧とにらめっこする。

最終的にチョイスしたのは、定番メニューのファボチキだった。ちなみに俺は、同じく定番商品であるコロッケ『ファボコロ』を選んだ。

「ほら、火傷《やけど》に気を付けろよ」

優月は嬉々《きき》として包み紙を破る。中からサクサクのチキンが現れた。

「こ、これが巷《ちまた》で噂《うわさ》のファボチキ……」

両手で持ったチキンを天高く掲げ、優月はうっとり顔だ。巷で噂のって、さすがにリアクションが大げさすぎやしないか。

「……まさか、ファボチキ初めてなのか？」

「うん。地元はコンビニが少なかったし、上京してからはホットスナック自体控えてたから、ずっと憧れだったの……」

感動している割に、優月《ゆづき》はなかなか食べようとしない。

「や、やっぱり、こんな脂っこいものを食べるのはアイドル的に犯罪じゃ……」

「今さらすぎるだろ。どうしても食わないなら俺が——」

優月が握るファボチキに手を伸ばすと、超スピードで遠ざけられる。

目ならぬ、手は口ほどに物を言う。俺がしたり顔で笑うと、優月は赤面しながらも、とうとうファボチキを口元に近づける。

「本当はコンビニスナックなんて駄目だけど、でも……！」

小さな口でかぶりついた瞬間、火災現場に放水するような勢いで肉汁が飛び出す。

「うは～♥　プリッとしたジューシーなモモ肉にザクザクの衣が合わさって、口の中が一気にじゅわーってなる～♥　柔らかくて旨《うま》みも抜群だね。フライドチキンなのに、蒸し鶏《むどり》みたいにするする食べられちゃう♥」

言葉の通り、あっという間に半分が優月の胃に収まってしまう。

そういえば、と俺はネットで仕入れたばかりの知識を披露する。

「レシピサイトで見たんだけど、『ファボチキ丼』なんてアレンジレシピがあるんだってな」

「うわ、食べてみたいけど、カロリーすごそ～」

「例えばファボチキをタマネギと一緒に麺つゆで煮込んで、溶き玉子でふっくら仕上げた親子丼風とか」

「……じゅる」

「あとは、甘辛ソースで炒《いた》めた豚肉と、一口サイズにカットしたファボチキを載せた、合い盛り丼とかな。白胡麻《しろごま》と刻み大葉を散らして、こってりとさっぱりのダブルパンチだ」

「……じゅるじゅる」

きゅるるるるるるる。

ファボチキを食べながら腹を空《す》かせるという器用な真似《まね》をする優月。お腹《なか》を押さえ、顔を赤らめながらチキンをむしゃりとする。

ふと、手元に熱烈な視線を感じた。優月が俺の手をじーっと見つめている。

俺のファボコロは残り一口分。

これ見よがしに掲げた最後の一欠片《ひとかけら》を、俺は自分の口に放り込んだ。

「あ――――っ！　盗人《ぬすっと》！」

「いや、あげてないから」

優月は対抗するように、残りのファボチキを一口で平らげた。

「はぁ、終わっちゃった……。次に食べられるのは何年後だろ……」

名残惜しそうに、優月は手元の包み紙に目を落とす。

おいしいコンビニフードはほかにもたくさんある。中華まん、ポテト、カップデザート……。今度帰り道で優月《ゆづき》と出くわしたら、どれをプレゼンしてやろうか。

間食を終えた俺たちは、ぴったり並んで通学路を歩いていた。

☆　☆　☆

俺たちはできるだけ、通行人と距離を保ちながら帰宅ルートをなぞった。やはり、俺と優月が一緒にいるところは目撃されないに越したことはない。念には念をだ。

開けた道であれば、遠くからでも人を見つけられるのだが、問題は店舗や住宅が乱立するエリアだ。建物と壁で視界が遮られてしまうため、慎重に進まなければならない。

この時も、曲がり角の先に人の気配を感じた。俺は手で制し、優月とともに近くの自販機の裏に隠れる。

角から現れたのは、制服姿の男子グループだった。しかもこの制服は織北《おりきた》高校のものだ。

俺たちは息を殺し、彼らが通り過ぎるのを待った。

「……でさ、二年の真守《まもり》って人が、入学式の日に有須《ありす》優月に告ったんだって」

「マジかよ、勇者すぎだろ。で、付き合ってんの？」

「んなわけねーじゃん。相手はアイドルだぜ？」

彼らは雑談に夢中で、俺たちにはまったく気付いていないようだ。入学式から一か月が経過してなお、ホットニュースとして取り上げられるとは。もはや俺が人気アイドルに告白したという噂《うわさ》は、我が校の常識になりつつあるらしい。ここまでの道のり、隠密行動をしてきて正解だったようだ。

男子グループが完全に見えなくなってから、改めて脳内の検索エンジンを起動する。これまで通学、下校、寄り道、買い物で通ったルートの中から、人口密度が低い場所を算出し、優月に作戦を伝達する。

「別の区画から迂回《うかい》しよう。この通りはコンビニも多いし、また織北の生徒とニアミスするかもしれない」

「う、うんっ」

俺たちは道路を渡り、隣の区画に移動する。こっちの道は店が少ないから、知人に遭遇するリスクは格段に下がるはずだ。

そう思い、通りに踏み入った瞬間。

右手前の住宅から、まさかの人物が出てきた。

「穂積《ほづみ》……！」

俺のよく知る友人は、私服姿だった。つまりここは、穂積の自宅。まさかこんなに近かったとは。アイツと遊ぶ時はいつも目的地の最寄り駅で集合していたから、ウチのマンシヨンから徒歩圏内で暮らしているなんて思ってもみなかった。

「優月《ゆづき》、隠れろ！」

俺たちは急いで後退し、建物の間にある路地裏に身を潜めることにした。優月を奥に行かせた後、俺は建物の陰から顔を出し、手元のスマホに意識を向けている穂積《ほづみ》の動きを注視する。優月も後ろからひょっこりと顔を出し、通りを覗こうとした。

その瞬間、穂積が急に顔を上げた。俺は後ろを向き、優月を路地の奥へ押し込もうとする。だがターンした際に足がもつれ、咄嗟《とっさ》に右手で優月の肩を強くつかんでしまう。

まずい。このままでは優月を地面に押し倒し、怪我させる恐れがある。無理に体勢を整えようとしたあげく、俺たちは珍妙なダンスを披露するように半回転した。結果、優月は建物の壁に背を預け、俺は優月の顔のすぐ横に手を当てる形に。いわゆる壁ドンのポーズ。

優月はさすがにびっくりしたのか、顔を赤く染め、口をぱくぱくさせている。

「……すまん」

俺は顔を背け、再び通りを観察する。穂積はもういなくなっていた。

「よ、よし。このまま一気に突っ切ろう」

「……でも、また誰かに会っちゃうんじゃない？」

「今のは激レアケースだ。下手に移動すると、時間的に今度はスーパーに行く主婦層とかち合うかもしれない」

「織北《おりきた》の人よりはマシだと思うけど……」

「そうとも限らないぞ。主婦の中に織高生《おりこうせい》の親がいる可能性もあるだろ。保護者ネットワークを侮らないほうがいい。どこの誰が彼女と歩いてたなんて情報、あっという間に広がるぞ。それこそ資料室の一件みたいにな」

俺が先導しようと振り返ると、優月はなぜかぽぅっとした顔をしていた。

「……彼女って言った……」

「あ、いや、今のは言葉のあやっていうか……！」

「……ふぅーん」

からかうでもなく、かといって納得するでもなく、優月がチラチラと見つめてくる。どういう感情なんだ、それは。

「と、とにかく。優月はアイドルとしての自分を守ることだけ考えてろ」

「……うん、わかった」

優月が小さく頷《うなず》く。その視線は、なぜか俺の手元に向いていた。

それから約十五分後、俺たちはなんとか危機を乗り越えマンションに戻ってきた。優月は途中から、しきりに俺の様子をうかがっていた。かといって話しかけてくるでもなく、俺たちはただ静かに並んで歩いていた。

エントランスを抜け、二人でエレベーターに乗る。

間隔は、十センチもない。

「そうだ、ファボチキの包み紙、こっちで処分しておくよ。持たせたままで悪かったな」

「……ありがと」

左側に立つ優月《ゆづき》が、右手で包み紙を差し出す。

俺はそれを左手で受け取り、丸めて上着のポケットに突っ込んだ。

優月の右手と、俺の左手が空く。

刹那、脳に一筋の電撃が走る。

「……っ」

気のせいかもしれない。あるいはただの偶然。

けれど、目で確かめる度胸もない。

左手の小指の先に、かすかな温《ぬく》もりが宿っていた。

優月は無言のまま、前だけを見つめている。

小指一本分のつながり。

二人の間に会話は、ない。

エレベーターが八階に到着した。俺たちは同時にカゴを出る。

不思議と歩くペースはぴたりと一致して、手の位置がずれることもない。

無意味だとわかっていても、どうかこのまま着かないでくれと祈ってしまう。

俺は809号室を通り過ぎ、角部屋の810号室までの数メートルを噛《か》みしめる。

「……送ってくれてありがと、鈴文《すずふみ》」

「この距離で言うか、それ」

軽口を叩《たた》くと、優月《ゆづき》は笑った。俺もつられて笑みをこぼす。指が、離れる。

「今日は夜にリハーサルに出かけて、そのまま事務所の仮眠室に泊まるから。またね」

「ああ、また」

左手を挙げると、優月は右手で応え、そのまま部屋に帰っていった。

「……マジか……」

俺はその場にしゃがみ込んだ。

左の小指に灯《とも》った感覚を思い出す。幸せな夢から覚めた直後のように、ぼんやりとした温かさだけが残っていた。

ROUND. 8　「もし私がアイドルじゃなかったら」

弁当箱の蓋を閉め、二種類のナプキンを取り出す。紺色のほうは、俺が普段から使っているもの。もう片方、黄色のナプキンは、久々にクローゼットから引っ張り出したもの。某アイドルのイメージカラーでもある。

時刻は朝の六時過ぎ。普段ならまだベッドで夢を見ている時間だ。元々今日は日直だったので早起きする必要があったのだが、それだけならアラームは十分早めるだけでいい。早起きの真の理由は、この弁当をお隣さんに渡すためである。

今日は、ついに【スポットライツ】の公演当日。ライブは夜スタートなので、昼には会場入りするらしい。

この弁当は、いわば差し入れだ。きっと会場には、こんな庶民的な弁当とは比べ物にならないほどの豪華なケータリングが並んでいるのだろう。

それでも体が勝手に動いていた。朝四時に起床、優月が喜ぶ顔を想像しながら具材を一種類ずつ詰めていき、重箱三段でフィニッシュ。ちょっと荷物がかさばるかもしれないけど、大目に見てほしい。

問題は、どうやって渡すかだ。

俺は左手の小指を凝視する。

「……」

放課後に買い食いをしてからの三日間、優月《ゆづき》とは一度も顔を合わせていない。

どんな顔をすればいいのかわからない。

あれはどういう意図があったのか。

偶然触れ合っただけ？　それともただの気まぐれ？

もしかして優月は、一人の異性として俺のことを……。いや、話が飛躍しすぎだ。

優月はアイドル。握手会では一度に何百、何千のファンと握手を交わしている。初めて彼女と出会った日のように、訪れた人たちの手を優しく包み込むのは仕事の一環だ。たかが小指一本結んだくらいで、浮かれすぎである。これだから交際経験のない男子高校生は。

今の俺に手渡しする勇気はない。かといって家のドアレバーに掛けておくのもなぁ。

学校に向かう時間が近づいていた。俺は思考がまとまらないまま家を出る。

隣の部屋は物静かだ。まさか前乗りとかしてないよな？　俺の記憶が正しければ、優月は自宅から会場に向かうと言っていた。ホテルに泊まるメンバーもいるらしいが、今回は特に大きなハコということもあり、優月は家で精神を整えてから臨みたいのだそうだ。

いっそバイク便で送ろうかと考えていると、かちゃり、と鍵を開ける音が聞こえた。

８１０号室の扉がゆっくりと開く。

「あ、鈴文《すずふみ》だ」

優月は軽装だった。まるで隣町へ遊びにでも出かけるように。

「お、おおう、おはよう」

「なに？　緊張してるの？」

失笑。優月は冗談のつもりだろうが、その通りとは言えない。

「……ライブは夜七時からだっけ。配信チケット買ったよ」

「ありがと。今日こそ鈴文を私のファンにオトしちゃうからね！」

驚くほどに優月はいつも通りだった。

やはり考えすぎだったのかもしれない。親元を離れて暮らしていたら、人の温《ぬく》もりが欲しくなる日だってあるだろう。その時たまたま近くにいたのが俺だったってだけの話だ。元気な様子の優月を見て寂しい気持ちになるのは、きっと間違っている。

「そうだ……これ」

俺は真っ黄色な四角形の包みを、ずいと差し出した。

「え、これって……」

「その……アレだ。ライブは体力勝負だし、本番当日でむやみに節制とかするなよって意味で……。中身は魚とか野菜とか中心でヘルシーだし、栄養バランスもちゃんと考えてあるから。昼はしっかり食べろよ」

「ああ、お昼ごはん……これ全部⁉」

優月《ゆづき》が目を剝《む》いた。俺も今では反省している。

「残ったら冷凍庫にでも入れておいてくれ。じゃあ先に行くからな」

「ちょ、ちょっと！」

弁当箱もとい重箱を優月の胸元に押し付け、足早にエレベーターに向かう。

カゴに乗り込み、顔だけ覗《のぞ》かせる。

優月は目を細め、両手で抱えた重箱を愛《いと》おしそうに見下ろしていた。

ふいに優月が顔を上げ、俺と目が合う。

「ライブ、楽しみにしてて！」

澄みわたった青空のような、屈託のない笑み。

俺はゆらゆらと手を振って、「閉」ボタンを押す。

ドアが閉まった瞬間、俺は手のひらで目元を覆った。

やっぱり駄目だ。優月がメシで喜ぶ顔を見るだけで、胸が高鳴る。

優月の笑った顔が見たくて、もっと世話を焼きたくなってしまう。

☆　☆　☆

一時間目、体育のバスケットボールで全身を酷使したおかげか、なんとか気持ちを切り替えて授業に臨むことができた。俺は家ではあまり勉強をしたくないので、学校の授業は極力集中して受けるよう意識している。ちなみに前の席の友人は睡眠学習に励んでいるみたいだった。ここでちゃんと起きていれば、放課後の勉強時間も短くて済むのに。

四時間目までつつがなく終了し、昼休み。普段は睡眠学習マンと昼食をともにしているのだが、彼は先ほど三神《みかみ》先生に呼び出しをくらっていた。そりゃ、毎日のように昼までぶっ通しで寝てたら怒られるわ。

多くの生徒にとって、三神先生と二人っきりになるのはご褒美のようである。あるいは俺も、一か月前までなら密《ひそ》かに喜んでいたのかもしれない。

ちなみに三神先生は今日のライブ、ファンクラブ特典で三か月前には現地チケットを購入しているらしい。定時で退勤すればギリギリ間に合うそうな。夕方の職員会議が長引くようなら、頭痛と腹痛と腰痛が同時に襲い掛かってくる予定なのだとか。

「普段から真面目に働いていれば、こういう時に疑いをかけられないのよ」

今朝、学級日誌を受け取りにいった際、三神先生はそう自慢げに語っていた。

さて、普段なら昼メシは自席で食べるところだが、一人だしたまには中庭のベンチでも利用してみようか。木漏れ日が気持ちよさそうだ。

靴を履いて校舎を回り込み、中庭に移動する。織北《おりきた》の校舎は学習棟と部室棟に分かれており、数字の「二」のように並んでいる。横棒の長いほうが、各学年の教室がある学習棟だ。そして中庭は二本線の間に位置している。庭といっても木とベンチが等間隔に並んでいるだけで自販機や購買からも遠く、昼休みの利用者はほとんどいない。

今日も今日とて人っ子一人おらず、独占状態。

紺色のナプキンを解き、弁当箱の蓋に手をかけたところでポケットのスマホが震えた。

「……うおっ」

液晶画面には、「佐々木《ささき》優月《ゆづき》」と表示されている。

俺は深呼吸を三回繰り返した後、通話ボタンをタップした。

『……やってくれたわね、鈴文《すずふみ》……』

スマホの向こうから聞こえる優月の声は不穏だった。理由はおおよそ察しがついている。

「特製ヘルシー弁当は気に入ってくれたかな」

『どこがヘルシーよっ！』

音量を小さくしてから、ワイヤレスホンを装着する。

『一段目はトンカツ、白身魚フライ、肉団子のミートメドレー。二段目はスパサラ、ポテサラ、カボチャのマッシュサラダでもったり三銃士、下段は一面びっしりのチャーハン。ヘルシーさの欠片《かけら》もないじゃない！』

「何を言う。重箱とは別に、緑黄色野菜のチョップドサラダもセットにしておいただろ」

『だから一食の量じゃないんだってば！　スタッフさんも「運動会のお弁当よりすごいですね」って若干引いてたし！』

呆《あき》れ口調とともに、割りばしを分割する音が聞こえた。

「もう会場に入ったのか？」

『うん、控室にいるよ。他のメンバーはまだ到着してないから、今は一人』

なるほど、誰かに目撃される前に食事を済ませておこうということか。

「礼なら帰ってからで良かったのに。わざわざ忙しい合間を縫って連絡くれるとは、律儀だなぁ」

『べ、別に、お礼の電話とかじゃないから！　ほら、アレよ。購入特典とかでよくある、「推しと一分電話できる権利」ってやつ！　普段は一方通行のアイドルと双方向のコミュニケーションを取りつつ、独占欲も満たせる垂涎《すいぜん》物のファンサなんだから！』

「垂涎物って、いつも肉声で話してるだろ」

何気ない会話で心が弾む。別々の場所にいるのに、相席をしているかのような安心感。

「渡した俺が言うのもなんだけど、あまり気を遣わなくていいからな」

『ま、無理やり押し付けられちゃったし？　捨てるのももったいないし？』

積極的に言い訳を並べているあたり、もう食べる気満々だ。ちょろい。

『それじゃ、いただきまーす。まずは、縁起の良《い》いトンカツから……』

初手が肉なあたり、優月《ゆづき》らしいチョイスだ。

『わ、冷めてるのにサクサク♥　薄切りだから食感も軽やかで口の中が重たくならないね』

「衣を作る時、ほんの少しだけ酢を混ぜているんだ。べたつきの原因になるグルテンの生成を抑制する効果があるんだってさ」

『白身魚もカリッとフワフワ♥　タルタルソースの具がゴロッとしてるのもいいね』

「タルタルも自家製だからな。ゆで玉子やピクルスは粗めに潰してある」

『こっちの肉団子も、みっちりしてて「お肉食べてる～」って感じ♥　黒酢の後味が爽やかで、さっぱりしてるね』

一分はとうに過ぎた、なんて野暮《やぼ》なツッコミはしない。何より俺自身、もっと優月の声を聞いていたかった。

『箸休めに二段目のサラダを少しずつつまむのも好き～♥　スパサラはマヨたっぷりでねっとりしてて、ポテサラは一見重たそうだけどキュウリと強めのブラックペッパーですっきり引き締まった味だし、マッシュしたカボチャは甘くてデザートにもなりそう♥』

俺も各種サラダの味を確かめる。材料こそ似通っているものの、三者三様の魅力があり、ついつい箸が伸びてしまう。

『最後にチャーハンを……。うん、角切りチャーシューのガツンとした旨《うま》みとネギの清涼感が調和してるね。醤油《しょうゆ》の香りが鼻を抜けて涼やか～♥　具材がシンプルだから、おかずと一緒に食べるのもアリだね』

優月の笑顔がありありと浮かんでくる。こうして弁当を食べているうちから、俺はライブお疲れ様会のオードブルは何にしようと考えてしまう。

「……あ」

木々の隙間をかいくぐるように、予鈴が聞こえてきた。名残惜しいが、そろそろ教室に戻らなければ。弁当はまだ半分以上残っていた。

「悪い。午後の授業が始まるから戻るわ」

『ふぐひゅみほほほふひょうはんはっへへ』

「ちゃんと飲み込んでから喋《しゃべ》りなさい」

ごくん、とひときわ大きな音がした。

『鈴文《すずふみ》、午後の授業頑張ってね』

「優月も、たくさんファンを増やしてこいよ」

『任せて。コンディションは万全だから』

「……」

『……』

電話を切らなければならないのに。

互いの息遣いだけが、いつまでも響く。

『……ねえ、鈴文《すずふみ》はさ』

強い風が吹き、ざあっ、と木々が揺れる。

『鈴文は、私のこと好き？』

チャイムがもう一度鳴る。午後の授業が始まった。

アイドルとして。異性として。果たしてどちらの意味だろう。

でもどちらにしろ、俺の返事ははじめから一択だ。

「……俺は……」

なのに、口が思うように動かない。

ここから先に踏み込んだら、間違いなく今までの関係ではいられなくなる。少なからず、優月《ゆづき》にだって心理的負担をかけてしまう。

『大丈夫、答えなくていいよ』

湖畔の木々が揺れるような、穏やかな声が返ってくる。

『最近ね、毎日が楽しいの』

「それまでは違ったのか？」

『もちろん楽しかったよ。歌番組もバラエティも、ボイトレも振り付け練も、全部楽しい。

だって、念願のアイドルになれたんだもん。大変な日も多いけど、私は有須《ありす》優月になって後悔したことは一度もない。だから私は一生、有須優月として生きていくんだと思ってた』

莉華《りか》も、三神《みかみ》先生も、穂積《ほづみ》も、みんなが彼女を有須優月と呼ぶ。実際、校内では「アイドルの私生活」を演じているのだから、優月からすれば喜ばしいのかもしれない。

だが現在、電話の向こうでボリューム満点の弁当を食べているのは、おしゃれなフレンチが好物の有須優月ではなく、ジャンクなメシをこよなく愛するただの佐々木《ささき》優月なのだ。

『私は、通話しながらお弁当を食べるのが好き。放課後の買い食いが好き。勉強でわからないところを教えてもらうのが好き。ホットプレートでお好み焼きができ上がっていくのを見るのが好き。校内で他人のフリをするのは嫌い。水着姿でドキドキさせようとしていたはずなのに、こっちまでドキドキしちゃう。家に上がってもらう時間が好き。手土産で作ってくれた豚丼が好き。もし私が……』

息を深く吸い込む音がした。

『……もし私がアイドルじゃなかったら、この続きを言えたのかな』

通話が切れ、スマホのディスプレイ表示がホーム画面に切り替わる。

もう、イヤホンから声は聞こえない。

俺は両手を垂らし、ベンチで天を仰ぐ。

「……眩《まぶ》しいな」

空は雲ひとつない快晴。しばらくこの光を浴びていたい。

この日、俺は初めて授業をサボった。

☆　☆　☆

時刻は夜六時五十分。俺は自室のベッドに座り、スマホを一心に見つめていた。

間もなく【スポットライツ】のライブが開演する。

配信フォームにログインすると、すでに数百人のファンが待機しており、コメント欄で交流を図っている。

画面内、会場の定点カメラには、色とりどりのサイリウムが光っていた。緑、青、赤、橙《だいだい》……様々なカラーが見受けられる中、一番多いのは黄。イメージカラーが黄のメンバーといえば、有須優月《ありすゆづき》だ。

帰宅後、俺はネットで【スポットライツ】の動画を漁《あさ》った。MVをはじめ、歌番組の公式アカウントの切り抜き、SNSでバズった振り付け動画。

駆け出しの頃の映像も見た。場所はデパート内の広場。デビュー曲のお披露目《ひろめ》イベントらしい。仕切り板を並べただけの簡素なスペースで、五人の女の子が歌っていた。季節は夏なのだろう。観客はみな半袖で、画面の端では扇風機の特売セールが行われている。

そんなどうでもいい情報が気になってしまうくらい、彼女たちのライブはまぁ酷《ひど》かった。素人感満載どころか、その場でかき集めた人たちをアイドルに仕立てようとしている……なんて言われても信じてしまえるレベルだった。

ただ、一人を除いては。

その女の子は、右端にいた。跳ねるように歌いながらも音程は外さず、振り付けのミスも皆無。一人だけキレが段違いで、自然と目で追ってしまう。

額には大粒の汗が浮かんでいるが、笑顔は一切崩さない。何より「観客を楽しませよう」という姿勢が伝わってくる。一挙手一投足に熱が、魂がこもっている。

女の子の名は、有須優月。後にセンターとなる絶対的アイドルである。


スマホに映った、会場の照明が落ちる。開演時間を迎えたようだ。

壮大なイントロダクションの後、ステージに五つのスポットライトが当たる。五人のアイドルが胸に手を当て、静かに目をつむっている。

ライブが始まった。曲は【スポットライツ】が注目を集めるきっかけとなった話題曲。センターはもちろん、有須優月だ。

「みんな、いっくよー！」

優月《ゆづき》の掛け声とともに、パフォーマンスが始まった。観客に向けて腕を振り上げる「オイ！　オイ！」のコールでさえ、見入ってしまう。マイクに乗った声は、次元の壁を突き破らんばかりの迫力。画面を隔ててなお、心臓が痺《しび》れるような感覚だった。

歌やダンスもさることながら、驚いたのは表情の豊かさだ。笑ったり、気取ったり、ウインクしたり。歌詞が憑依《ひょうい》したかのごとくコロコロと変化する顔に、夢中になる。

一曲目が終わり、万雷の拍手が沸き起こる。俺も無意識に手を叩《たた》いていた。

不思議な感覚だった。しょっちゅう家に行って、何回も一緒にごはんを食べて、プライベートでの距離は数メートルも離れていないのに、今は優月がひどく遠い存在に感じる。

普通の女子高生は、ホールを人で埋め尽くさない。何千人もの前で歌ったり踊ったりしない。投げキッスもしない。

胸のざわめきが治まらない。

優月が遠くに行ってしまったようで。

違う、本当はわかっている。

端《はな》から優月は、俺とは違う世界の住人だった。

それがたまたま、色々な偶然が重なって、うっかり交わったに過ぎないのだ。

――もし私がアイドルじゃなかったら……。

違う、違うんだよ、優月。

もしアイドルじゃなかったら、優月はこれほどまでに完璧を志したりしないだろう。完璧主義でなければ、食欲ともうまく折り合いをつけていたはずだ。家で倒れ、俺に発見されることもなかった。俺は惚《ほ》れてもいなかったし、きっと深いご近所付き合いにも発展しなかった。

優月が完璧を追求するアイドルだからこそ、俺が豚丼を作って、お前は必死に抵抗して、つながりが生まれたんだ。

すぐに二曲目が始まった。優月がステージの右端に移動し、イントロが流れる。

このメロディには聞き覚えがある。彼女たちのデビュー曲だ。結成から何百回と披露したであろう、最も練習を積んだ一曲。ダンスが苦手そうな左隣の子でさえ、自信満々に体を動かしている。

カメラが時々切り替わり、各メンバーのバストアップが順に映し出されていく。リーダーの子、長身で汗っかきの子、踊りが苦手そうな子、歌が上手《うま》い子、そして優月。

「……ん?」

ほんの一瞬、刹那の出来事だった。

あるいは俺の勘違いかもしれない。

優月の表情が、わずかに揺れた気がしたのだ。

カメラが五人を映す。ユニゾンダンスは綺麗《きれい》に揃《そろ》っている。音程も歌詞もばっちりで、全員笑顔だ。しかし、俺の心にはしこりができたような気持ち悪さがあった。

きっと気のせいだろう。何かトラブルが起きたのなら、ほかのメンバーあるいは観客のリアクションがあるはずだ。ライブはつつがなく進行している。

三曲目が終わる頃には、俺は再びライブに見入っていた。

踊りが苦手そうな子は得意分野がトークらしく、MCのたびに爆笑をかっさらっていた。歌が上手《うま》い子は頭の回転が速いようで、場の空気を読んでボケにもツッコミにも適応。リーダーは一歩引いた場所でニコニコと様子を見守りながらも、メンバーの立ち位置を微調整するため、さりげないボディタッチで誘導している。

汗っかきの子はしきりに汗を拭っており、客席から「大丈夫ー？」と合いの手が入る。すると「汗じゃなくてシトラスオレンジだから！」と謎の返しが行われた。どうやら定番のやり取りらしい。自身のイメージカラーが橙《だいだい》であることと掛けているようだ。

四者四様、楽曲以外の部分でも魅力をアピールしている。

しかしやはり、俺は優月《ゆづき》に夢中だった。

そのトークエピソード、俺が料理を作ってる間にリビングで何度も練習してたよな。その唇を指でなぞる仕草、つい家二郎《いえじろう》を思い出してしまう。終盤の衣装チェンジでちょっと刺激的な格好になったけど、目の前で水着になられた俺からすれば全然余裕だ。

優月がアイドルとして存在感を発揮すればするほど、実像の優月が頭をよぎる。

約二時間にも及ぶライブは、あっという間にフィナーレを迎えた。アンコールを含め、全演目が終了しても会場のボルテージが下がる気配はなく、歓声と熱狂に包まれたまま配信は幕を閉じた。

「すごいな、優月は……」

ベッドの脇にスマホを置き、俺はしばらく呆然《ぼうぜん》としていた。

すぐ優月に帰ってきてほしい。一秒でも早く感想を伝えたい。

でもこの後は打ち上げもあるだろうし、帰りは遅い時間帯になるか。深夜に押しかけるのも迷惑だから、帰宅したタイミングでメッセージを送ろうか。いや、えげつない長文になりそうだし、こういうのは口頭が一番だよな。やはり明日の朝イチにしよう。

その夜、俺は幸福感に包まれたまま眠りについた。

この日から、優月は家に帰ってこなかった。

ROUND.9 「覚悟が足りなかったのよ」

　マンションに到着し、俺は集合ポストの中身を確認する。ピザのデリバリー、粗大ごみの回収、個人指導の学習塾。たった一日の間に、様々なチラシが詰め込まれている。810号室のポストはチラシで溢《あふ》れ返っており、紙一枚が入る隙間もなかった。

「……」

　エレベーターに乗り込み、八階で降りる。

　共用廊下を歩いていると、808号室の扉が開いた。

「あら、鈴文《すずふみ》くん。おかえりなさい」

「どうも」

　ご婦人は、熨斗《のし》の付いた箱を胸の位置で持っていた。

「ちょうどうかがうところだったのよ。これ、商店街の福引で当たったの。おすそ分け」

　箱の横には、力強い筆の書体で『プラティナムポーク』と刻印されている。このブランド肉を見ると、春休みの衝撃的な出会いを思い出してしまう。

「え、いいんですか。こんな高いもの」

「二回も当てちゃってね。ウチじゃこんな脂っこいお肉、ふたつも食べきれないから」

「強運ですね」

「ちなみに最後の一回で当たったのが熱海《あたみ》旅行。近いうちに行ってくるわ。温泉が楽しみ」

「豪運ですね」

あと本当に温泉旅行がお好きですね。

「鈴文くん、料理が得意だったわよね。ぜひご両親やお友達にも食べさせてあげて」

「……ええ、お任せください」

それじゃ、とご婦人は部屋に戻っていった。

俺は809号室を通過して、最奥の部屋の前に立ち、チャイムを鳴らす。

中から反応はない。居留守でないことはわかりきっている。今日も帰っていないようだ。

手元の箱を凝視して、俺は呟《つぶや》いた。

「……一番に食べさせたい相手が、ずっと不在なんだよなぁ」

優月《ゆづき》が帰ってこなくなってから、もう五日になる。

あるいは俺が学校で授業を受けている間、密《ひそ》かに戻ってきているのかもしれないが。

ライブの日を境に、優月は俺の前から姿を消した。

メッセージを送っても返事はない。当然、電話も出ない。

SNSは定期的に更新されており、ネット番組の生放送にも出演していた。事件やトラブルに巻き込まれたってわけではなさそうだ。

ここから導き出される結論はひとつ。

優月《ゆづき》は、俺を避けている。

原因に心当たりがなかった。

いや、考えようによっては思い当たる節がないわけではない。

例えばライブの数日前。俺たちは並んで下校した。マンションのエレベーターから部屋に到着するまでの間、小指一本だけ手をつないでいた。ライブ当日には、手作りの弁当を渡した。この情報を週刊誌がキャッチし、熱愛疑惑として報じたのではないか。優月は身を隠すためにマンションを離れ、事務所の指示により俺との連絡を絶った。

だがこの五日間、週刊誌やネットニュース、果ては匿名掲示板を漁《あさ》っても、有須《ありす》優月の恋愛事情を暴露するものはなかった。

とすれば単純に仕事が忙しいだけか。グループのファンミーティングも控えているし、準備に追われているのは間違いない。

自分を納得させるために理由を挙げてみるが、やはり素直に受け入れられなかった。だって優月は今までどれほど仕事が忙しくても、外泊の際は必ず事前に教えてくれた。それが五日も連絡なしなんて、どう考えてもおかしい。

文字通り、優月が手の届かないところに行ってしまうような気がした。ライブでの勇姿を目に焼き付けてからというもの、偶像としての優月が絶えず脳裏にちらつくのだ。

このままの状態が続けば、待ち構えている未来は自然消滅だと俺は本能的に悟っていた。

「……優月……」

アイドル・有須優月に会えないことを憂えているのではない。

俺は、佐々木《ささき》優月に会いたかった。

☆　☆　☆

翌朝、校門の前で見知った人物を発見した。

「あ、やっと来た。スズ遅〜い」

莉華《りか》は口元を綻ばせ、俺の隣に並ぶ。

「……よ、莉華」

「テンション低くな〜い？　せっかく愛《いと》しの幼なじみが出迎えてあげたのに〜」

俺のしょっぱい反応を意にも介さず、横を歩く莉華の表情は明るい。

「どうしたんだよ、わざわざ待ち伏せなんかして」

「最近メッセ送ってもそっけないからさ。何か悩みがあるなら、優しい優しい莉華おねーさんが相談に乗ってあげようと思って」

「……何でもない。不安にさせたなら謝る」

「本当に？　無理してない？」

いつもの莉華《りか》ならすぐ引き下がってくれるのに、今日はやけに食らいついてくる。俺は気さくな幼なじみの仮面を被《かぶ》り、嘘《うそ》くさい笑みを浮かべる。

「気にしすぎだよ。それより中間テストの勉強はしてるのか？　またママさんに叱られて、バイトのシフト減らされるぞ？」

「うぐ……」

勉強の話題になると莉華がとたんに弱くなることを、俺は熟知していた。この場を乗り切るためにズルをしているようで、どことなく後ろ暗い気分だった。

「心配するな。何かあったら、すぐに莉華を頼るからさ」

「ならいいけど。もし嘘ついたら、夜中だろうと家に押し掛けるからね！」

「はいはい、いつでもどうぞ」

二年生と三年生では下駄箱《げたばこ》の列が異なるので、生徒用玄関の入り口で莉華とは別れた。幼なじみにまで心配をかけてしまうとは、不甲斐《ふがい》ない。

イレギュラーついでに、二年A組の教室までのルートを変更してみた。いつもは生徒用玄関のすぐ先にある階段で二階に上がってから奥のA組まで移動するのだが、今回は上履きを履いた後、一階の一年生のフロアを端まで闊歩《かっぽ》する。

理由はもちろん、一年B組を覗《のぞ》くためだ。生徒があらかた登校したであろうHR開始ギリギリまで待ってから、教室を横切った。

今年の一年は真面目な生徒が多いのか、全開になった扉の中を覗くと、ほとんどの子がすでに着席していた。しかし、黒のロングヘアと琥珀色《こはくいろ》の瞳を持つ女子は見当たらない。やはり登校していないようだ。

「あの……一年の教室に何かご用ですか？」

室内を凝視する俺を怪しんだのか、優月《ゆづき》の左隣の席に座っていた赤縁眼鏡の女子が、警戒心を漂わせながら廊下に出てくる。

「優月さんなら今日はたぶん休みですよ。ここ数日は登校しても、遅刻か早退です」

「そ、そう」

「真守《まもり》先輩……ですよね。入学式の日に優月さんに告白したっていう」

さすがにクラスメートには正体がバレていたか。

「来るってわかっていても教えませんけど。優月さん、あなたのこと避けてるっぽいので」

「……どういうこと？」

「最近の優月さん、教室に他クラスの男子が入ってくると、必ずそっちのほうを確認するんですよ。まるで誰かの襲来を警戒しているみたいに」

「キミはその相手が俺と考えているのか」

「だってほかにいないでしょう。もしかしてまた優月さんに迫ろうとしてます？　あまりにしつこいようなら先生に言いつけますよ？」

眼鏡の奥の目は真剣だった。俺を警戒する以上に、優月《ゆづき》を心配しているのだろう。

「……うん、わかった。もうB組には来ないよ。怖がらせてごめんね。ありがとう」

B組の教室で優月に会える望みは絶たれた。

でも俺は、心のどこかで安心もしていた。


なんだ、ちゃんと気遣ってくれる友達いるじゃん。

☆　☆　☆

『二年A組の真守鈴文《まもりすずふみ》さん。昼休み、生徒指導室に来てください』

午前の授業が終わると同時に、校内放送で呼び出しを食らってしまった。名指しで招集がかかるなんて、学校生活で初めての経験だった。

「ついに鈴文もモモちゃんから呼び出しか！」

教室で俺を送り出す穂積《ほづみ》は、歴代最高の笑みを浮かべていた。

呼び出しに心当たりがありすぎる。おそらく今朝、一年B組を訪れた件についてだろう。

優月絡みで説教をされるのは不本意だが、今回ばかりは分が悪い。

今の俺は優月にとって、どうやら赤の他人になってしまったらしい。おまけに周囲の俺に対する評価はストーカー予備軍。かつて変態未遂をした三神《みかみ》先生以上に悪質と言われても反論できない。

扉を二回ノックすると、中から低い声で「どうぞ」と聞こえてきた。

「失礼します」

室内にあるのは、大学案内が収納された本棚と、六人掛けの会議用テーブルのみ。スーツ姿の三神先生は奥側中央の席に座り、両肘をテーブルに乗せ手を組んでいる。

「座りなさい」

俺は三神先生と向かい合う形で、入り口側真ん中のパイプ椅子に腰を下ろした。

「わたしに、言うべきことがあるわよね」

ショートボブの前髪をさらりと払い、眼光を鋭くする。

——彼女にちょっかいかけようものなら……。

かつて三神先生が発していたどす黒いメッセージが、現実になろうとしていた。

さて、彼女の怒りを鎮めるためには、どのような謝罪がベストだろうか。

まずは、一年B組の教室を訪れたことを謝るべきだろう。額を床にこすりつけながら、「二度と優月には近づきません」と宣誓すれば、きっと誠意は伝わるはずだ。

優月だってそれを望んでいる。三神先生にとっても、俺という厄介な男を有須《ありす》優月から遠ざけられて万々歳。

これですべてが丸く収まる。誰も傷つかないし、悲しまない。

それなのに、口が開かなかった。

自分のすべきことは、明白なはずなのに。

「……そう、あくまでシラを切るつもりなのね」

一縷《いちる》の望みは絶たれた、と言わんばかりに三神《みかみ》先生がため息をつく。

「なら、はっきり言うわ。優月《ゆづき》ちゃんの――」

膝の上で拳を作り、ぎゅっと目を閉じる。

ああ、終わった。

「優月ちゃんのライブ、最高だったわね！」

「……へ？」

「あなたも配信でライブ見たんでしょ？　今回の公演、普段に比べて一般向けの選曲が多かったわよね。わたし的には優月ちゃんのソロが三曲あったから大満足なんだけど。まさか『赤日《せきじつ》トワイライト』が優月ちゃんのソロＶｅｒ．とは完全に予想外だったわ。前回・前々回はソロ二曲だったし、去年のクリスマスライブではたったの一曲よ？　まぁその分、今回は盛り上がり具合がハンパなかったわよね。それより、ライブの前後で生放送の出演が続いているから体力面が心配だわ。ファンミも近くなってきたし、運営は優月ちゃんにしっかり休みを――」

「ちょちょちょ、待ってください。え、ライブの感想？　まさかとは思いますが、それを語るためだけに俺を呼び出したんですか？」

「ほかに何があるのよ」

てっきり今朝のB組突撃の件を咎《とが》められると身構えていたのだが、この人の耳には届いていないらしい。

「この数日間、わたしはあなたから感想会のお誘いを待っていたのよ？　でもあなたがあまりにも誘い受けの態度を取っているから、今回は仕方なくね。ファンクラブ会員ナンバー00005として、後輩のファンには優しくしてあげないと。どんな界隈《かいわい》でも、新規が入ってこないと必ず廃れてしまうものだから」

界隈の栄衰はさておき、俺はほっと胸を撫《な》で下《お》ろした。

昼休みは残り三十分を切っている。俺はパイプ椅子の脇に置いていたスクールバッグから、ランチボックスを取り出した。説教終わりに中庭で食べるつもりだったけど、アイドルオタクの熱弁は一向に終わる気配を見せないし、もうここで昼食を取ってしまおう。

俺がランチボックスの蓋に手をかけると、前方から強烈な視線を感じた。

三神先生が、視線で切り殺さんとばかりの鋭い目つきをしていたのだ。

「わたしの前で堂々とお弁当を出すとはいい度胸ね……！」

さすがに担任をおざなりに扱いすぎたか。普段から礼節には気を付けているつもりではいたものの、この人の前だとついマナーという概念を忘れそうになる。

「や、昼休みもそんなに残ってないし——」

「こっちは三日前から草と豆しか食べてないっていうのに！」

またしても予想の斜め上の返事が返ってきた。

そういえばこの人、推し活のために食費を限界まで削ってるんだっけ。

「昨晩はモヤシと豆苗《とうみよう》の炒《いた》め物《もの》をツマミにチューハイ五杯、今朝は冷奴《ひややつこ》と納豆、お昼は同僚からもらったお土産の豆菓子……。こっちはもう限界なのよ……！」

よくよく目線の先を辿《たど》ってみると、俺ではなく手元のランチボックスに向いていた。

元から貧しいなら世話を焼くところだけど、この人の場合、金欠の原因は推し活とはっきりしている。とはいえ、目の前で腹を空《す》かせている教師を無視するのも居心地が悪い。

「……良かったら、食べます？」

三神《みかみ》先生は一瞬だけ瞳を子どものように煌《きら》めかせたが、すぐにスンと戻ってしまう。

「ふ、ふん。さすがに生徒が食べる分を恵んでもらうほど、落ちぶれちゃいないわ」

「実はもうひとつあるんですけど」

「いいのぉ!?」

テーブルから身を乗り出して、ガキのような目を向けてきた。

「え、ええ。作りすぎちゃったんで」

本当は学校で優月《ゆづき》に会えたら渡すつもりだったけど、今日はもう無理そうだし。

口元がゆるゆるの三神先生に、二箱目のランチボックスを手渡す。そして俺たちは同時に柳《ウイロー》製の蓋を開けた。

「うわあああぁぁ〜……」

三神先生はまるで宝箱を開けた幼気《いたいけ》な子どものように、口を半開きにしている。

本日の昼食は、サンドイッチ。

具材は定番のツナやハムのほか、豪勢にトンカツを挟んだカツサンド、たっぷりの生クリームに刻んだイチゴやキウイ、バナナを混ぜ込んだフルーツサンドもある。

「はあぁぁ……」

正方形にカットした手のひらサイズのサンドイッチを両手で持ち、まじまじと眺める三神先生は、さながら王から褒美を恵んでもらった雑兵だ。

「いただきます」

小動物のように、はむっとかぶりつく。最初にチョイスしたのは、黒コショウたっぷりのツナサンドだ。

「……芋焼酎、ロック」

「は？」

「もしくは、白ワイン」

「あ、あの……」

謎のフレーズを呟《つぶや》いた後、三神《みかみ》先生が次にチョイスしたのはハムサンド。ハムのほか千切りのキュウリを挟み、爽やかな食感と瑞々《みずみず》しさもプラスしている。

「赤ワイン、できればファミレスのチープなやつ。ハイボールも可」

「……もしかして、サンドイッチに合う酒の話してます？」

どうやら三神先生にとっては、ピクニックで食べるようなメニューもツマミ扱いらしい。

三番手、満を持して登場したのはカツサンドだ。よほど肉あるいは揚げ物が久しいのか、サンドイッチを持つ手はかすかに震えている。

かり、さくっ。

カッ、と三神先生の双眸《そうぼう》が見開かれた。

「ビール！　ビールビールビール！　生中を超特急で！」

「先生、落ち着いてください！　ここは居酒屋じゃなくて学校の生徒指導室です！」

取り乱す三神先生の両肩を揺さぶり、意識を引き戻す。

コメントの内容はさておき、三神先生はサンドイッチを気に入ってくれたようだった。

その後もパクパクと平らげていき、残すはフルーツサンドのみ。

いくら呑兵衛《のんべえ》な三神先生も、スイーツの前では一人の女子のようだ。銀色のマグボトルを取り出し、優雅なティータイムを始めようとしていた。

「濃厚な生クリームにねっとりとした甘さのバナナ、キュンと甘酸っぱいイチゴやキウイがデザートにぴったりね。このパン、しっとりフワフワで、口溶けが良《い》いわ」

四種類目にして、初めてちゃんとした食リポを聞いた気がする。

「口の中が甘く満たされたところで、これを飲むと……くーっ！」

三神先生がマグボトルの中身をあおると、たちまち充足感に満ちた顔つきになる。

「……一応確認ですけど、マグの中身ってお茶ですよね？」

「知ってる？　生クリームって意外と日本酒に合うのよ？　クリームの甘さと酒の苦みがどちらも際立つの。熱燗《あつかん》でも常温でもイケるけど、わたしのおすすめは断然冷酒ね。キリッと冷たさが染みわたって、まるでサウナ後の水風呂みたいな感覚を味わえるのよ」

「あの、どうして饒舌《じょうぜつ》になってるんでしょうか。あとほんのり顔が赤くなってません？」

「わたしったら、生徒の前で飲み食いしちゃってる。駄目な子ね。うふ、うふふふふ」

身の毛もよだつ、とはこういう状況を指すのだろうか。三神先生は何がおかしいのか、一人でくすくすと笑っている。やがて両手を伸ばしてテーブルに突っ伏し、ローヒールのパンプスを放り出した。

「はぁ……優月《ゆづき》ちゃん……しゅきぃ……」

とろんとした瞳で、唐突に推しへの愛を漏らす。本当に優月のことが好きなんだなぁ。

「ねえ、わたしって可愛《かわい》い？」

「はい？」

口裂け女って、昼間の学校にも出現するんだ。

「そうよね、学校で一番可愛いわよね」

疑問形で返したはずなのに、誇大表現のトッピング付きで肯定とみなされた。

一番かどうかはさておき、確かに三神《みかみ》先生は可愛い。つぶらな瞳、丸っこい鼻、艶《つや》のある引き締まった口元。ショートボブは似合っているし、小顔でスタイルも抜群だ。

「わたしもね、昔は目指してたの。アイドル」

さりげなく衝撃発言が飛び出した。

「チヤホヤされたかったのよ。承認欲求を満たせてお金も稼げるって最高じゃない？」

おまけに動機がゲスだ。

「ウチは両親も教師でね。自分たちの仕事に大層誇りを持っていたのよ。だから娘にも同じ道を歩ませたかったみたい。特に母親とはよく口論になったものよ」

三神先生は、授業中によく雑談を挟む。しかし本人の家庭環境に関する話題は一度も挙がったことがなかった。

「『アイドルなんて所詮はお遊び』なんて言われた日には、掴《つか》み合《あ》いの喧嘩《けんか》もしたわ。あの人からすれば一人娘の将来を案じていたんでしょうけれど、わたしはわたしの人生を歩みたかった。『やってみたい』って気持ちだけでも、高い志がなくても、別にいいじゃない」

人が何かを始める時、根底にあるのは強い願いだ。俺だって料理に手を出したのは、父親を元気づけたいという願いがあったからだ。

「どんなに反対されても根気強く説得してね。高校卒業までを条件に、ようやく夢を追うことを許されたの。平日はデモ音源を送って、週末はオーディションに参加する日々。エントリー費を稼ぐために、予定のない日は全部バイトで埋めた。勉強との両立も必須だったから夜中まで勉強して、成績は常に学年十位以内をキープしたわ」

俺は、三神百聖《ももせ》という教師が実は努力家ということを知っている。どの先生よりも授業や行事に熱心だし、テストの返却では必ず一人ひとりにコメントを入れてくれる。

「高校三年の夏、ようやく最終オーディションまでこぎつけてね。ここまで勝ち残った十人の中から選ばれたメンバーで、アイドルグループを結成するの。二泊三日の合宿だったんだけど、みんなと接しているうちに気付いちゃったのよ」

「気付いたって……何にですか？」

「覚悟が違うのよ。わたしは自分でもそれなりに努力しているつもりだったけど、勉強やバイトと両立するのは当たり前。いろんなアイドルのライブに行ってインプットしたり、会話の上達術の本を読《よ》み漁《あさ》ったり、芸能関係の飲み会に参加してコネを作ったり。特に二十歳を超えている子なんて、後がないからね。一日の睡眠時間が四時間を超えているのなんてわたしだけだったわ。寿命を削ってでも、彼女たちはアイドルに人生を賭けていた」

俺は優月《ゆづき》の生活リズムを思い出す。いつも夜中や明け方に生活音がしたのは、仕事の時間が不規則だからというだけでなく、筋トレをしたり台本を頭に入れたりという下準備の時間もあったはずだ。

「気付いてから、思ったの。その生活が一生続くなんて、わたしには絶対無理だって。たまには遊びに出かけたいし、週末くらいゆっくり寝たいもの。結局、最終オーディションにも落ちちゃった。母親との約束の期限までまだ時間はあったけど、わたしはアイドルを諦めた。夏休みの後半からは猛勉強して、国立大学に進んで、教員免許を取って、学校の先生になった。ちっとも後悔はしていないわ。でも、わたしには、進みたい道を突き進む覚悟が足りなかったのよ」

淡々と語る三神《みかみ》先生は、清々《すがすが》しさを湛《たた》えていた。きっと自分なりにやり切ることで、正しく挫折できたのだろう。

「だからこそ、わたしは有須《ありす》優月の覚悟に惚《ほ》れてるの。どんなに小さな会場でも全力で、売れてからも努力を怠らない、アイドルとしての覚悟を極めた優月ちゃんが大好きなのよ」

優月がひたむきで完璧主義だということは、俺もよく知っている。だが、かつてのアイドル志望者の話を聞くと、「完璧」という言葉の重みをより痛感する。

「だからこの前のライブでは驚いたわ。あの有須優月が、珍しくフリを間違えたんだもの」

「……え？」

心臓に冷水を浴びせられたように、体の内側が凍えていく感覚がした。

「デビュー曲の『スポットライト』の時にね。すぐに修正してたし、配信ではカメラが寄ってたから、ほかにわかった人はいないと思うけど。ライブでのミスは珍しいどころか、わたしの知る限りは初めてのことよ。どうして気付けたかって？　わたし、会員ナンバー000005だから」

ドヤ顔をする三神先生をよそに、俺の脳内では様々な点が線となる。

先日のライブで、俺は優月の表情がわずかに揺れたような感覚に陥った。

あれはやはり、気のせいではなかったのだ。

完璧への強いこだわり。

学友にすら素顔を見せない徹底ぶり。

しまいには、俺をも自分の世界から排除しようとしている。

普通のアイドルなら、「たった一回で」と思うだろう。

だが、有須優月なら——。

☆　☆　☆

マンションに帰宅すると、810号室の前でオーナーさんと出くわした。
曰《いわ》く、この部屋の住人から退去の申し出があったそうだ。

ROUND. 10　「これからも私のファンでいてくださいね？」

有須優月《ありすゆづき》は、人気アイドルだ。

昨年のブレイク以降、歌手のみならず俳優、モデルなど多種多様な顔を持っている。

抜群のルックスに、アイドルらしい楚々《そそ》とした佇《たたず》まい。番組の趣旨や自身に求められる役割を理解したうえでの立ち振る舞い。視聴者からも業界人からも人気が出るのは、至極当然といえよう。アイドルグループの活動と並行して、今ではソロの仕事も充実しているようだ。

俺は三神《みかみ》先生にライブDVDを借りた。彼女が言っていた通り、優月はいつ何時も完璧だった。音を外さず、フリは正しく。時に笑顔で、時に情熱的に、曲調に合った顔を作る。

最新の動向をつかめないかと、優月が運用するSNSアカウントを覗《のぞ》いてみた。しかし投稿は当たり障りない朝の挨拶や、出演情報の引用コメントばかり。

この数日、俺は寝る間を惜しんで有須優月の活動を追っていた。これまでは物理的にたった数メートルの距離しかなかったのに、今やずいぶん遠くなってしまった。

食事はいつも二人分用意していた。いつかふらっと帰ってくるんじゃないかという希望を捨てきれなかった。おかげで冷凍庫はパンパンだった。

学校では一度も姿を確認できていない。

「……そろそろ行かなきゃ」

共用廊下に出て、扉を施錠する。

左隣の部屋を見る。

810号室には、もう誰も住んでいない。

☆　☆　☆

「……くん、真守《まもり》くん」

誰かが俺を呼んでいる。俺を名字で呼ぶということは、クラスメートだろうか。

「起きなさい、真守くん」

机から顔を上げると、三神《みかみ》先生が眉尻を下げ腰に手を当てていた。

「まだ授業中ですよ。昼休みまでもう少しだけ頑張ってください」

「……え、誰？」

推し活モードの三神先生の印象が強すぎて、寝起きに教師モードに相対するとつい正直な感想が漏れてしまう。前の席では「ブフォッ！」と笑い声が漏れていた。

「寝ぼけているようですね。顔でも洗ってきたらどうですか？」

「……はい」

授業中に居眠りをするなんて、少なくとも高校に上がってからは初めてのことだった。連日の睡眠不足がたたっているらしい。

俺は映像を通じて、優月《ゆづき》の影を追っていた。離ればなれになるのが嫌で、なんとかつながりを探そうとしていた。いくらアイドルの有須《ありす》優月を追いかけたところで無意味なのに。

トイレの洗面台で顔を洗い、鏡を見つめると、ひどい顔の男が映っていた。覇気がなく、心なしか肌も荒れ気味だ。寝不足のせいで、クマもひどい。

ふと窓の外で、体育の授業を終えたと思《おぼ》しき生徒たちが歩いているのが目に入った。白と黒のボールを蹴りながら歩いている子もいる。科目はサッカーだったようだ。

昼休みまでまだ十分弱残っている。試合が早めに終わったのか、あるいは教師の気まぐれか。ジャージの色は赤色なので、一年生だろう。いくつかのグループが校舎に吸い込まれていく中、少し離れた位置にいる一人の女子生徒が視界に飛び込んできた。

「……優月！」

体が勝手に動いていた。

俺は寝落ちどころか、授業そのものをすっぽかそうとしていた。それでも足は止まらない。生徒用玄関に到着すると、ちょうど優月が上履きに履き替えたところだった。彼女は俺の存在に気が付くと、目を見開く。

「……色々訊《き》きたいことがある。ちょっと来い」

優月《ゆづき》の手を引いて、例の資料室に移動した。まだ授業中だし、今回は闖入者《ちんにゅうしゃ》の心配はないだろう。

「……どういうことだよ。いきなり消えたりして」

窓にそっと寄りかかった優月は、何も答えない。

「メッセージも返さないし、電話にも出ないし、あまつさえマンションも出ていくとか、いきなりすぎるだろ。せめて一言くらいあってもいいんじゃないか？」

追及するつもりはなかったのに、いざ対面すると問い詰めるような口調になってしまう。

会えただけで嬉《うれ》しい。でも、どうして。

「どうして何も言わないんだよ。……どうして、急にいなくなったりしたんだよ……！」

重たい沈黙の後、少女は静かに微笑《ほほえ》んだ。

「ごめんなさいっ、うっかり連絡しそびれちゃって」

舞台の幕が上がる。

ひと月前の出会いが脳裏をよぎり、背筋をぞっと悪寒が走る。

「ライブ以降、急に仕事が立て込んじゃったんです。事務所からマンションまでけっこう離れてるし、これを機に社宅に引っ越そうかなって。連絡できなくてすみません。それにコンプラ研修でも、『メッセージはどこから流出するかわからないし、家族以外の男の人とはなるべくやり取りをしないように』って講師の方がおっしゃってたし」

「……なに、言ってるんだ？」

はじめは記憶喪失を疑った。だが俺が元・隣人であることは認識している。

つまり、シラを切っている。今までの関係を断ち切り、赤の他人として振る舞っている。

「そういえば、重箱もお返ししてませんでしたよね。今度宅配便で送りますので」

「……違う、そうじゃなくて」

「あ、ライブの配信チケット買ってくださってたんですよね？　私のパフォーマンス、どうでしたか？」

胸の前で両手を組み、庇護《ひご》欲をくすぐるように上目遣いをする。

俺の前にいるのは、佐々木《ささき》優月じゃない。

一部の隙もない絶対的アイドル・有須《ありす》優月だった。

茫然《ぼうぜん》と見つめていると、優月は顔を綻ばせた。完璧な愛想笑いだった。

「……俺さ、優月が出ている番組とか、ライブとか、たくさん見たんだよ。どれもすごかった。全部カッコよかった。お前のファンになる人たちの気持ちがよくわかった」

だから今こそ伝えなきゃいけない。俺の正直な想《おも》いを。

「こないだの質問に答えさせてくれ。俺は――」

いつかの電話相席で、優月《ゆづき》にこう尋ねられた。

――鈴文《すずふみ》は、私のこと好き？

「俺は、優月が好きだ。お前の力になりたい」

俺の気持ちは変わっていない。むしろ、もっと大きくなっている。

優月はひときわ輝かしい笑みを放つ。

「応援ありがとうございます。これからも私のファンでいてくださいね？」

偶像に、俺の声は届かなかった。

チャイムが鳴り、現実に引き戻される。

「……そろそろ着替えて教室に戻らないと。友達と一緒にお昼を食べる約束をしてるんです。失礼しますね」

優月は俺の横を通り過ぎ、資料室を去っていった。

「……は、はは……」

自虐の笑みすら、うまく作れない。

俺はその場に立ち尽くし、そのまま午後の授業も放棄した。

☆　☆　☆

その夜、我が家にバイク便が届いた。

宅配物の正体は、綺麗《きれい》に洗われた重箱。送り主は「ＭＩＹＡＴＯプロダクション事務局」。優月が所属している事務所の名前だ。これで完全に、優月とのつながりは絶たれた。

もう何をやっても無駄だ。リアルでの関係を清算され、偶像という壁を作られてしまった以上、できることは何もない。むしろ彼女を想《おも》うなら、大人しく身を引くべきだろう。

俺はリビングのソファで、ぼんやりと天井を眺める。

恨むつもりは毛頭ない。なんならこれからもアイドル活動は陰ながら応援していくつもりだ。ライブに一度は行ってみたいし、握手会も興味がある。そこで久しぶりに再会した俺たちは、たった一秒の握手を交わすのだ。元・お隣さんという関係をおくびにも出さず。

状況は、何ひとつ悪化していない。ただ、出会う前の状態に戻るだけ。

——私のファンにしてあげる！

良かったな、優月《ゆづき》。お前の目的は果たされた。

——いただきます！

さんざん抵抗するくせに、いざ食事が始まると満面の笑みを浮かべるんだよなぁ。

——ヤサイニンニクマシマシアブラカラメマシ、大ブタダブルで。

家二郎《いえじろう》でこんなコールをするアイドルなんて、ほかにいないだろう。

——もし私がアイドルじゃなかったら、この続きを言えたのかな。

優月がアイドルだからこそ、俺たちは親しくなれた。


佐々木《ささき》優月に二度と会えないという事実が、重くのしかかる。

「……優月……！」

「アタシは有須《ありす》優月じゃないんだけど」

「へ？」

ソファの横に、茶髪のギャルが座っていた。

右目の泣きぼくろも、耳元のイヤリングも、ぽってりとした唇も、夢というにはあまりに解像度が高すぎる。

「え、莉華《りか》？　どうして？」

「何度もチャイム鳴らしてるのに出てこないいんだもん。寝込んだりしてるんじゃないかって心配でさ。おねーさんとして、確かめないわけにはいかないでしょ？」

いや、家に上がり込んでいること自体は構わない。

それより気になるのは、どうして莉華がエプロン姿なのかということだ。

「どうせ夕食まだでしょ？　今日はアタシが作ってあげる」

にひひ、と屈託のない笑みを見せる莉華。キッチンに移動し、フライパンに火を点《つ》ける。パックの鶏卵が置いてあることから、卵料理を作ろうとしているらしい。

あれ、テフロン製のフライパンとはいえ、油引いたか？　てか今から卵を溶くのか。殻が混入したように見えたけど、気付いてないっぽいな。塩コショウも振ってないよね。煙が上がってるから、早く換気扇点けたほうが。ほら、ゴホゴホ言ってるし。「え、くっ付いちゃうんだけど！」先に油かバターを引こう。煙が黒さを増している。「スズ！　助けてぇ！」『火事デス、火事デス』あーあ、火災報知器反応しちゃった。

先ほどまでの暗い気持ちより心配が勝ってしまい、思わずソファから立ち上がる。

俺はひとまずキッチンの小窓を開け、火災報知器を止める。コンロの火を消し、フライパンを濡《ぬ》れ布巾《ぶきん》に載せると、ジュウウウ、と悲鳴が聞こえてくる。

「莉華はテーブルを拭いておいてくれるか？」

「……ハイ」

焦げエッグを皿に除《よ》け、別のフライパンを取り出す。

卵は贅沢《ぜいたく》に三個。ボウルに割り入れ、塩コショウと顆粒《かりゅう》コンソメで下味を付ける。あとは牛乳も。これにより水分が含まれ、フワフワな食感になるのだ。卵は焼きムラができないよう、しっかりかき混ぜる。

ここでようやくコンロの火を点《つ》ける。まずは強火で、フライパン全体にしっかり熱を行きわたらせる。中火に落とし、バターが溶けたら卵液を注ぐ。外側から内側へ流すようにかき混ぜて、半分くらい火が通ったら、ゴムベラで縁取り。あとは余熱で充分なのでコンロを止め、斜めにしたフライパンをトントンとゆすり、楕円形《だえんけい》に整える。最後につなぎ目の部分に火を通したら、プレーンオムレツの完成だ。

「さ、食べるか」

今日は白米を炊いていないので、パックごはんで勘弁してくれ。サラダも欲しいので、千切ったレタスに冷凍アボカドを散らし、コブサラダドレッシングを回しかける。

俺たちはテーブルを挟んで向かい合う。手元には、それぞれが作ったオムレツ。

「スズ、それ……」

莉華《りか》が俺の手元を示す。人差し指の延長線上にあるのは、卵と呼ばれていたもの。

「いただきますっと」

「あっ……」

俺は莉華が作ってくれたポロポロのオムレツに箸を伸ばす。

がりっ、ごりっ。

「卵料理の常識を覆す新食感だな。ケチャップよりも岩塩が合いそうだ」

ミルで粒状の塩をまぶし、改めてぱくり。うん、卵の苦みに塩のしょっぱさが見事にマッチしている。

「そんな、無理しなくていいよ……」

「無理なんかしてないよ」

これは俺の本心だ。わざわざ俺のためにお金と時間を使って作ってくれた料理を口にしないわけがない。ましてや提供してくれたのは、自慢の幼なじみだ。

「それより莉華も、熱いうちに食べてくれ。あまり放置すると火が通りすぎちゃうから」

「じ、じゃあ……いただきます」

箸で割ると、オムレツの中央からふわっと湯気が立ち昇る。

おずおずと口に運んだ瞬間、莉華の目が見開かれる。

「うわ、めっちゃトロトロ……！　やっぱりスズはすごいなぁ……」

そんなことはない。素人の家庭料理に才能は不要だ。レシピ通りに作れば九分九厘うまくいく。莉華は気持ちが先走り気味なだけで、コツさえつかめばすぐに上達できるだろう。

「……あの頃より、もっとおいしくなってる」

莉華は箸を置いて、俺を見据えた。

「ねえ、覚えてる？　スズがアタシに初めて作ってくれた料理が、オムレツだったよね」

「そうだったか？　正直おぼろげだな」

「……だよね。スズにとっては特別なことじゃないだろうし。……でもね、アタシにとってスズとの出会いは、人生が変わる出来事だった」

岸部莉華《きしべりか》は元・お隣さんだ。たまたまウチのマンションの隣に岸部家があって、歳《とし》が近かったから仲良くなった。

「アタシってさ、小学生の頃は今よりずっと荒れてたじゃない？」

「まあ、否定はしない」

莉華は生まれつき健康状態に難があった。一言で表すなら「酷《ひど》い喘息《ぜんそく》」。運動はおろか集団登校もままならず、いつも莉華ママが送り迎えをしていた。

「体育は百パー欠席だし、遠足も林間学校も行けないし。『どうしてアタシだけみんなと同じように生活できないんだろう』ってやさぐれちゃってさ。次第に不登校になって、ママやパパにも八つ当たりするようになって、どん詰まりで。こんな人生、早く終わらせたいって思ってた」

歩く、走る、遠出する。俺たちにとって当たり前のことでも、当時の莉華にはオリンピックの陸上競技に出場するくらいの難題だった。

「その日も部屋に引きこもってたら、突然チャイムが鳴ったんだよね。スルーしてたのに、何度も押してくるんだもん。怒鳴ってやろうと思って扉を開けたら、スズがいきなり入り込んできて」

「いや、悪気はなかったんだよ」

色々と思い出してきた。それまで何度か、保護者の井戸端会議に聞き耳を立てていた。曰《いわ》く、岸部さんちの一人娘が、長らく部屋にこもっているという。別に引きこもりから脱出させようとか、世間とのつながりを持たせようとかって大志を抱いていたわけじゃない。はじめは睨《にら》まれたり突き飛ばされたり、まともなやり取りができる状態ではなかった。それでも通い続けるうちに、部屋にいても無視してくれるくらいの存在に昇格できた。

ある日曜日。俺はいつものように莉華の部屋で漫画を読んでいた。すると少し離れた位置から「ぐぅ」と腹の虫が聞こえた。

以前に莉華ママからは「自分の家のように過ごしていい」と言われていたので、俺はキッチンを借りて二人分の昼食をこしらえた。そのメニューこそ、オムレツだったのだ。

「あの時も、出来がいいやつをアタシにくれたよね」

「後で『大人がいない時に火を使うな』って怒られたけどな。よく覚えてるなぁ」

「覚えてるよ。ずっと覚えてる。だってクラスメートはみんな、アタシのことを煙たがってたんだよ？　それどころか『岸部さんが登校しなければ給食のデザートがおかわりできるから来ないで』なんて言ってくる子もいた。そんな時期にスズは、アタシなんかのためにわざわざごはんを作って、与えてくれた。忘れるわけがないじゃん」

俺は、引きこもる前の莉華《りか》がどのような学校生活を送っていたのかをよく知らない。積極的に訊《き》こうともしなかった。いくら他人に嫌われていようと、俺と莉華の間柄には何の関係もないからだ。

「スズはアタシを見捨てないでいてくれた。スズとの日々があったから、アタシは腐らずにいられたんだ」

莉華にとっては、オムレツがパラダイムシフトになったらしい。それから三回に一回は返事をくれるようになり、やがて真守《まもり》家に遊びにくるようになった。

中学に上がる頃には、喘息《ぜんそく》の症状が表に出る頻度も減ってきた。薬が効いたのか、体の成長とともに免疫力が高まったのか。今では体調がよほど悪い時以外は体育の授業に参加しているし、居酒屋のホールで働けるまでになった。

「家事でも身の回りのお世話でも、何でもいいから、アタシはスズに恩返しがしたかった。……まあ、最近はちょっとだけ、空回りが続いてたけどさ」

「ちょっとだけな」

「今度はアタシが、お姉さんとしてスズの役に立ちたいの。スズは愚痴も悩みも言わないから、スズの背中を押せるのが今はアタシしかいないから、迷惑だとしても訊くね。……有須優月《ありすゆづき》と、何かあったんじゃないの？」

「……それは」

莉華がテーブルを回り込み、俺の手を取った。その瞳には力強い光を灯《とも》している。

「……色々あって、今は優月に避けられてる」

「それって、スズが何か悪いことしたの？」

「そのつもりはなかったけど、俺は優月をずっと苦しめてただけなのかもな。結局、ただの『おせっかい』だったんだ」

おいしいものを食べてほしいとか父さんの二の舞にならないようにとか、御託を並べていただけで。全部、俺の一人相撲だったのかもしれない。

「……アタシは、そうは思わない」

莉華は俺の手を放そうとしない。むしろ、握る力は一層強くなっていく。

「いや、莉華は俺たちのこと、何も知らないだろ」

「知らないよ。スズと有須優月の関係について、私はほとんど知らない。でもね、スズが作ったお好み焼きを食べてる時、有須優月は笑ってた。心の底から笑ってた。あれは演技じゃなかったよ。人はおいしいものを食べながら、嘘《うそ》なんかつけないもん」

「……優月は、喜んでくれていたのかな」

昼間の資料室ではあれだけ他人行儀な態度を取られたのに、不思議と脳裏に浮かんでくる優月はどれも笑顔だった。あの時も、あの時も、あの時も。

「それに、幼い頃のアタシを救ってくれたスズは、他人の評価とか相手が迷惑に思ってるんじゃないかとか気にしなかったでしょ？　反発するアタシに遠慮なんかしてた？」

「……それは」

体調が悪くてふさぎがちで、世界を敵視していた莉華《りか》に、かつての俺はなぜしつこくアプローチし続けたのか。その答えはすぐに出た。

俺は、莉華を放っておきたくなかった。

好きで一人でいるなら構わない。

でも莉華は、きっとそうじゃなかった。

口から出た言葉が、表に現れた態度が、真実とは限らない。

「ねえ、スズの目に、あの子はどう映ってた？」

この数日間を、改めて思い返す。

優月《ゆづき》は完璧主義者だ。体型維持をはじめ、クラスでの振る舞いやスキャンダル対策など、歌と踊り以外にも高い意識を持っている。いつ何時も理想のアイドルでいることが、優月にとってのアイデンティティなのだ。

三神《みかみ》先生曰《いわ》く、そんな優月がライブでミスを犯した。初参戦の俺でさえ違和感を抱いたくらいだから、それは間違いないのだろう。

そしてライブの日を境に、優月は俺の前から姿を消した。学校で顔を合わせても、これまでの付き合いをなかったことにするかのように、アイドルモードで接してきた。

つまり優月は、ミスの原因が日頃の自分……すなわち佐々木《ささき》優月にあると考えているのではないか。ジャンクなメシを食べるうちに、あるいは俺と生活の一部を共有するうちに気が緩んでしまい、ライブの失敗につながったと結論づけた。ゆえに俺から距離を取ることで、元の自分に戻ろうとしているのだ。

「優月の決断は、別に間違ってるわけじゃない。優月が自分で考えて答えを出したのなら、俺が横槍《よこやり》を入れる筋合いはない……けど」

「スズはもう気付いてるんじゃない？　自分が何をしたいのか」

「……俺は」

きっと模範的な答えは、優月の意向を尊重し、二度と近づかないようにすることなのだろう。

だがあいにく俺は従順な性格でもなければ、ましてや《ファン》でもなかった。

「……優月にもう一度、俺のメシを食ってもらいたい」

これだけは断言できる。優月だって本当は、俺の作るごはんが大好きなのだ。その気持ちに、アイドルか否かは関係ない。

だって豚丼を食べた日、優月は言っていた。

幸せ、と。

好きなものを我慢して自分を追い込むことが、本当に優月《ゆづき》の幸せなのか？　アイドルモードを常時発動して、大好きなメシを遠ざけて、幸せなわけがあるか。

俺の知る優月はメシにちょろくて、すぐに狼狽《うろた》えて、わかりやすいくらい感情が表に出るヤツだ。資料室で俺に見せた愛想笑いは、理想のアイドルでも何でもない、無機質なロボットのようだった。

「俺は優月を助けたい。優月に、俺のメシで幸せになってほしい」

……ああ、はじめからそうだったじゃないか。

優月は一度だって、素直に俺のメシを受け入れたことがあったか？

これ見よがしにプロテインドリンクを飲んだり、家二郎《いえじろう》から逃げ出そうとしたり。

拒絶が強ければ強いほど、本心はその逆なのだ。

口では拒絶しつつも、実はメシを求めている。

なんだ、いつもの優月じゃないか。

だったら俺も、普段通りやればいい。

一度や二度、ノーと言われたくらいで易々《やすやす》と引き下がるなんて俺らしくない。

「……莉華《りか》、ありがとう。莉華が幼なじみで、頼りになるお姉さんで良かったよ」

「でしょー？　これからのアタシにも期待してってねん♪」

決めポーズとばかりにウインクをかまそうとするが、両方の目が閉じてただの瞬《まばた》きになってしまう締まりの悪さが莉華らしくて、俺は噴き出してしまった。
そうだ。まだ終わっちゃいない。
俺は俺のやり方で、優月の本心を引き出してやる。

待ってろ、優月。

見せてやるよ。俺の、究極のおせっかいを。

ROUND．11 「佐々木優月《ささきゆづき》の帰る場所はここだから」

彼は意地悪だ。いつも私にごはんを食べさせようとする。毎日おいしいものを用意するせいで、いつしかマンションに帰るのが楽しみになってしまった。

彼はおせっかいだ。甲斐甲斐《かいがい》しく私の世話を焼きたがる。ファンにはならないなんて言ってたくせに、ファンのフリをして、嘘《うそ》の告白でアイドルの私を守ろうとしてくれた。

ガレットを食べたあの日の夜、私は彼への気持ちを自覚した。そこからは早かった。彼の幼なじみだという学校の先輩に張り合った。彼の家で勉強を教えてもらった。彼と放課後に買い食いをした。下校中、誰かに見つかりそうになっても、離れたくないと思った。

想《おも》いは強くなる一方だった。彼と時間を共有するほど、有須《ありす》優月という仮面の下にいる、佐々木優月が素顔をさらすようになってきた。

彼の心を知りたい。彼に近づきたい。

そしてあの日のエレベーター。私は自らの意志で彼の小指に触れた。

810号室の前で彼と別れ、部屋に戻った瞬間、私は触れ合った小指をもう片方の手で包み込んでいた。彼の熱を欠片《かけら》も失いたくなかった。

佐々木優月の中心には、いつも彼がいる。心から彼を消じ去らない限り、私は有須優月ではいられない。

だから私はライブでミスを犯したんだ。佐々木優月をステージ上に持ち込んだから。

ファンは、完璧なアイドルである私を応援してくれる。

完璧じゃない私は、私じゃない。

同じ過ちを繰り返さないために、私は今度こそ、佐々木優月を抹殺しなければならない。

勝手に心を許して、振り回して、その指先に触れて、しまいには一方的に遠ざけて。

あまりの身勝手さに、自分が嫌になる。

私は、佐々木優月が大嫌いだ。

★　★　★

「すいません、もう一回お願いします！」

スタッフさんが「またか」という顔をする。メンバーも疲労の色は濃くなる一方だった。

明日は毎年恒例、【スポットライツ】のファンミーティング開催日。

通常のライブに比べれば覚えることは少ないし、披露する曲は定番のものばかり。

それなのに何度リハーサルを重ねても、納得のいく出来にならなかった。

歌も振り付けも、ばっちり頭に入っている。前回の反省点はとっくにクリアした。

でも、何かが足りない。これじゃあ完璧とは呼べない。

ライブやファンミは何か月も前から水面下で進行し、多くの企業が関わっている。つまり何十、何百という人の努力を、私たちが背負っているのだ。何よりファンのみんなには、「売れてから変わったよね」なんてガッカリされたくなかった。

「いったん休憩に入りましょう！　再開は十分後で！」

誰かの合図で、半ば強制的に休憩時間に突入する。その間も私は、鏡の前で振り付けをチェックする。

東京《とうきょう》公演と同じく、今回のファンミにも多くの関係者が来てくれることになっている。このイベントの成否が、今後開催するライブの規模にも直結するのだ。

「ねえ優月《ゆづき》。少し休んだほうがいいよ」

リーダーが声をかけてくる。私は「休憩時間中の有須《ありす》優月」のペルソナを被《かぶ》り、控えめに笑みを浮かべる。

「ありがとうございます。あと一回だけ確認したら休憩入るので」

「……そう、無理はしないでね」

努力家で負けず嫌い。これが、メンバーがイメージする有須優月。

「あと一回だけ」。これを言えばリーダーが引き下がることを、私はよく知っていた。

二回、三回と繰り返す。指の一本、筋繊維の一本まで意識を集中させる。

「……どうしてなの……？」

非の打ちどころはないはずなのに。

食生活だって元通りにした。体重も落ちて、コンディションは十全なはず。

何が足りないのか、さっぱりわからない。

その日は結局、一度も納得のいくムーブはできなかった。

★　★　★

真夜中。私はホテルのベッドで息を切らし、仰向《あおむ》けに倒れていた。

ベッドの脇には、未開封のミネラルウォーターのボトルが転がっている。

水すら、喉を通らない。

リハーサル終了後も、私は洗面所の鏡の前で何時間も練習した。

けれど状況は、昼間と変わらない。

もし、明日のファンミでまたミスをしたら。恐れが表情に現れたら。ファンに幻滅されたら。少し想像するだけで、不安に押しつぶされそうになる。

逃げ出したい、なんて感情を抱くのは初めての経験だった。デビューイベントの時だって、センターに抜擢《ばってき》された時だって、こんな気持ちにはならなかったのに。

今の私は有須優月《ありすゆづき》でもなければ佐々木《ささき》優月でもない、ただの臆病者。責任から、偶像から、イベントを楽しみにしてくれているファンからも逃げようとしていた。

誰か教えて。私はどうしたらいいの？

誰か答えて。私はアイドル失格なの？

できることは全部やった。

大切な日々を捨て去って、大切な人を遠ざけて、大切な気持ちに蓋をして。

これ以上、私は何を犠牲にすればいいの？

誰か叱って。誰か咎《とが》めて。誰か導いて。

「誰か……」

助けて。

そんな身勝手な台詞《せりふ》を言えるはずもなく、私はベッドで縮こまることしかできなかった。


ぴん、ぽーん。

唐突に鳴った部屋の呼び鈴が、私の意識を引き戻す。

「……はい？」

誰だろう。間もなく日付が変わろうとしている。マネージャーさんやスタッフさんに、わざわざ部屋まで来る用事があるとは思えない。

扉を開けたくなかった。情けない顔を誰かに見られたくなかった。

幸い、このホテルはお高めということもあり、最新鋭の設備として各部屋のインターホンはモニター付きになっている。扉越しに応対して、早く帰ってもらおう。

私は天下無敵のアイドル・有須優月だ。

自分にそう言い聞かせ、ボロボロの仮面を被《かぶ》り、モニターを覗《のぞ》く。

「……うそ、でしょ？」

扉の向こうに立っていたのは、マネージャーさんでもスタッフさんでもなかった。

チェーンを外し、ドアレバーを下ろす。

扉の隙間から光が差し込み、あまりの眩《まぶ》しさに私は目を細めた。

「よっ」

現れたのは、真守鈴文《まもりすずふみ》という一人の過保護な男子高校生だった。

☆　☆　☆

「……鈴文《すずふみ》、どうして……」

「説明は後だ。行くぞ」

俺は優月《ゆづき》の手を取り、そのままエレベーターに向かう。

「ちょ、ちょっと！」

遅い時間にもかかわらず、優月の服装はホテル備え付けの浴衣ではなく、半袖の練習着だった。部屋でどれだけの時間、練習を重ねていたのだろう。

ホテルの前に停《と》めておいたタクシーに素早く乗り込む。俺は後部座席に座り、ドアの外で狼狽《うろた》える優月の手を引いた。

「運転手さん、『レジデンス織北《おりきた》』までお願いします」

俺たちがともにいられる場所は、ホテルでも学校でもない。

「……どうやって私が泊まってるホテルを突き止めたの？」

優月はなんとか冷静さを取り戻そうとしているようで、声だけは落ち着いている。

俺は渾身《こんしん》のドヤ顔を作り、スマホを掲げた。画面に映っているのは、【スポットライツ】の公式SNSアカウントだ。

「俺の知り合いにガチオタがいてさ。ネットストーカーって怖いよな」

「SNSの断片的な情報から突き止めたの？　でも私、場所の投稿なんかしてないよ？」

「優月が細心の注意を払っていても、ほかのメンバーもそうとは限らないだろ。『ファンミ前日は毎回同じホテルに泊まってる』とか、『綺麗《きれい》な夜景をおすそ分け』って写真を投稿したりとか、迂闊《うかつ》すぎる。過去数年分の情報をつなぎ合わせたら、あのホテルに行き着いた」

建物さえ特定できれば、あとは消去法だ。まずはエレベーターの利用者をつぶさに観察する。行き交う人々の会話に耳をそばだてていると、明らかに芸能関係の話をしている女性二人組を発見。マネージャーあるいは事務所のスタッフだろう。

次は彼女らの乗ったカゴが何階で止まるかを注視する。ガチオタ教師曰《いわ》く、「タレントと同性であれば同じフロアに泊まる可能性は高い」らしいので、これで階数は特定だ。

「で、でも、エレベーターはカードキーがないと動かせないはずだよ？」

「だからガチオタのサポートがあったんだよ。部屋をひとつ、押さえてもらったんだ」

サポートというか、例の録音データで無理やり協力してもらったんだけど。

「え〜……」

さすがに優月もドン引きだった。後部座席で俺から距離を取り、ドアに背を付ける。

まぁ、認めるしかあるまい。ここまで来ると、正真正銘、俺も立派なストーカーである。

三神《みかみ》先生から一時的にカードキーを貸してもらったものの、協力の対価として宿泊費は俺持ちだ。今頃、彼女は広々とした部屋で明日のファンミを心待ちにしているのだろう。

この作戦は、【スポットライツ】が売り出し中のアイドルだからこそ実行できた。もし彼女らが首都圏のドームを埋め尽くすほどの大スターであれば、ワンフロアすべての部屋が関係者で押さえられていただろう。

目的のフロアに到達した後は、あらかじめ外から観察した際に明かりが点《つ》いていた部屋の中から、テレビの音声や話し声が聞こえない部屋をピックする。室内でステップの練習をする音がしたらビンゴだ。

「ファンミの反省会の議題には、『ネットリテラシーの重要性』を追加しておけよ。ちなみに件《くだん》のガチオタは『推しとは一定の距離を保ちたいタイプ』らしいから、助かったな」

やがてタクシーはマンションに到着した。俺は運転手さんに料金を支払い、先に降りる。ガラス張りのエントランスを通過すると、やや距離を空けて優月《ゆづき》がおずおずとついてくる。並んでエレベーターに乗り、俺は八階のボタンを押した。

カゴの中で俺たちは、一人分の間隔を保っていた。

エレベーターを出ると、建物の外には夜闇が広がっていた。真夜中のマンションに、二種類の足音が響く。

809号室の扉を開け、優月を招き入れる。

「ほら、座れよ」

リビングのソファに促すと、優月は困惑した目つきのまま腰を下ろした。

「いい加減、目的を教えてよ。私がホテルから抜け出したなんて知られたら、大騒ぎになっちゃう。スマホだってホテルに置きっぱなしだし」

「さて、と」

手洗いとうがいを済ませたら、俺はリビングに併設のキッチンへ移動する。調理台にはすでに、常温に戻した各種食材が置いてある。

「……まさか、ごはんを作るつもりなの？」

「今さらかよ。俺が優月を部屋に上げる理由なんてそれしかないだろ」

「……そんなことのために、わざわざ……」

ある意味、正しい反応だ。ネットストーカーをして、こっそり連れ出した結果が晩メシ。

優月がソファから立ち上がる。

「……帰る。ホテルで練習しなきゃ」

足音は少しずつ遠ざかり、廊下のほうへ向かっていく。

帰るというのなら、無理やり引き留めるつもりはない。だがその前に、俺にできることは全部やらせてもらう。

優月がドアノブに手をかけたところで、俺は実況を開始した。

「まずは沸騰させたお湯に、五センチ幅に切った豚バラ肉を投入。事前に茹《ゆ》でることで、余計な脂が落ちてさっぱりする」

扉が開く音はしない。優月が耳を澄ませている証拠だ。

「お次は、熱したフライパンにごま油、ニンニクチューブ、生姜《しょうが》チューブを適量。香りが立ってきたら、斜め切りのネギを散らして軽く火を通す。ネギがしんなりしてきたところで、先ほど茹《ゆ》でておいた豚肉を加えて、フライ返しで混ぜ合わせる」

そろそろ優月《ゆづき》も感づいた頃だろうか。俺が何を作っているのか。

「醤油《しょうゆ》、みりん、酒、中華調味料を混ぜたタレをフライパンに回しかけて、全体に味をなじませたらでき上がりだ。今日のごはんはパックじゃなくて、ちゃんと丼もの用に炊いておいたやつな。タレが染み込むのを前提に、少し硬めにしてある」

米の中層に海苔《のり》を敷くのと、口直しのタクアンも忘れずに。

特製すたみな豚丼。初めて優月に提供した一品だ。

「そろそろ完成するから、今のうちにテーブルを拭いておいてくれるか？」

「もう止《や》めてっ！」

部屋中に響き渡る、優月の声。

「お願いだから、止めてよ……」

初めて耳にする、優月の痛ましい声だった。

「鈴文《すずふみ》が私に失望してくれれば、私が辛《つら》いってわかるの？　どうして、世話を焼いてくるの？　どうして、全部元通りになったはずなのに。どうして、そんなに優しいのよ……」

やがて、床に滴が落ちる音がした。

「……俺はずっと、優月はすごいって思ってるんだ」

装飾の一切ない、心からの賛辞を贈る。

「お隣さんとして出会ってから、俺は優月のリアルな部分をずっと間近で眺めてきた。アイドルだってお腹《なか》は空《す》くし、メシにがっつくし、ニンニク食べればにおうし、俺たちと何も変わらない。当たり前のことだけど、アイドルも俺たちと同じ、人間なんだ」

そう、たったそれだけのこと。

どれだけ有須《ありす》優月を突き詰めようと、佐々木《ささき》優月を完全に切り離すことはできない。

優月は、重く閉ざされた己の口をこじ開ける。

「……でもアイドルは、みんなの希望を、願いを、夢を引き受けるための器だから。みんなの理想で容《い》れ物《もの》をいっぱいにして、それを体現するのがアイドルなの。素の自分なんて邪魔なだけだよ。私は早く自分を捨てて、みんなのために……」

「なら訊《き》くけど、『みんな』の中に優月は入っているのか？」

「……え？」

俺を見つめる優月の瞳の内側は、空っぽだった。

その考えも間違ってはいないのかもしれない。むしろ幼少期から何十、何百というアイドルを見続けてきた優月と、一か月ちょっとしかアイドルに触れていない俺とでは、言葉の重みがまるで違う。

「俺は、アイドルが私利私欲の一切をかなぐり捨てて、ファンのためだけに生きるのが最上だとは思わない。だってそんなの、寂しすぎる」

失礼なことを言っているという自覚はある。捉えようによっては、優月《ゆづき》のこれまでを否定することになるのかもしれない。

でも、みんなの理想を叶《かな》えるだけで本当にいいのか？　それだけが優月のやりたかったことなのか？　優月自身の理想は、一体どこにある？

「大事なのは、自分の欲望も受け入れて、飲み込んで、血肉にして、それでもなおファンの前では変わらず理想であり続けることなんじゃないのか？」

中には「嘘《うそ》」だの「虚像」だのと罵るやつもいるのかもしれない。でも俺には、どちらの言葉も悪いものだとは思えないんだ。

嘘は、「こうなりたい」「こんな私を見てほしい」という祈りで。

虚像は、そんな祈りが形になったもので。

アイドルは嘘であり、虚像であり、それでいて理想だから美しいんだ。

「別にメシを欲しがってもいいんだよ。豚丼にがっついたって、ミラノ風ドリアに追いチーズしたって、がっつり系のガレットをおかわりしたって、家二郎《いえじろう》に満足して寝転がったって、放課後に憧れのファボチキを買い食いしたって。佐々木《ささき》優月の欲望が大きければ大きいほど、それを飼い慣らしてステージに立つ有須《ありす》優月のすごさが際立つんじゃないか」

なにもメシに限った話じゃない。きっと、アイドルだってたまには遊びにいきたいし、学校で友達も作りたい。人並みにデートに憧れて、ひょっとしたら恋だってするのかもしれない。

これらは人が当たり前に持っている欲望だ。決して後ろめたいものではない。切り捨てる必要なんてない。

「だからファンの声だけじゃなく、優月自身の声にも耳を傾けてやれよ」

何より、ファンの前では憧れの象徴であり続けて、そのうえで自分を貫き通すんだぞ？

そんなの絶対、カッコいいじゃないか。

「ステージ上で輝く優月が、俺は好きだ。そこに向けて日々ひたむきに頑張る優月はもっと好きだ。少なくとも俺は、お前が捨てたがっている佐々木優月のことが大切なんだよ」

「……私、は……」

優月の声は震えていた。今にも溢《あふ》れようとしている何かを、必死に抑えている。

「……私はっ、自分の思い描いた理想のアイドルでありたくて、でも時間も技術も全然足りなくて、だから少しでも理想に近づくためには欲しいものを我慢するしかなくって……。私にできるのは、限界まで切り詰めることだって……！」

耐えて、耐えて、ひたすら耐え忍んで。そんなのいつか壊れるに決まっている。

「自分を甘やかせ、とは言わない。でも、もう少し自分を愛してやれよ。優月《ゆづき》は無感情なロボットじゃない。画面の向こうでしか生きられない幻でもない。お前は普通の人間で、どこにでもいる女子高生で、ただの俺のお隣さんなんだから」

俺はコンロに向き直り、もう一品の仕上げに取りかかる。

油の海からすくい上げたそれを、包丁で一口サイズにカットする。

鶏肉《とりにく》の断面からは、湯気が立ち昇っていた。コイツを丼の左半分に添えて、酸味を利かせた特製の塩ダレを上から数滴。白胡麻《しろごま》と刻み大葉を散らしたら、今度こそ完成だ。

「優月、食べてみたいって言ってたよな、これ」

それは、とある日の帰り道でのやり取り。男女は手元にコンビニフードを握っている。

――『ファボチキ丼』なんてアレンジレシピがあるんだってな。

――うわ、食べてみたいけど、カロリーすごそ～。


喜んでほしい。

笑ってほしい。

肉と油まみれの丼だって食べてほしい。

「だからさ、そんな泣くなよ」

虚勢という名の仮面が、涙となってバラバラと剥《は》がれ落《お》ちていく。

ローテーブルを拭き、スペシャル丼を置く。扉の前で泣きじゃくる優月に手を伸ばすと、そっと握り返す感触があった。俺はそのまま手を引いて、優月を特等席に連れていく。

洟《はな》をかみ、丼と向かい合う優月に改めて問う。

「腹、減ってないか？」

「……減ってないもん」

「ここに一杯の肉丼がある。『プラティナムポーク』と『自家製ファボチキ』の合い盛り丼だ。だがあいにく俺は夕食を終えてしまっている」

「……そんなの知らないし」

「このままじゃ、せっかく作った出来立ての合い盛り丼が冷蔵庫行きになってしまう。温め直せば衛生面では問題ないとはいえ、サクサクの衣も、絶妙な炊き加減の白米も、大幅なグレードダウンだ。俺はそれを回避したい」

「……もったいないけど、しょうがないじゃない」

これは、儀式だ。別名、お膳立て。幾度となく繰り返してきた、俺たちの聖戦。

「幸い、この部屋には俺以外にもう一人の人間がいる。その子が引き取ってくれれば、俺は料理人冥利に尽きるし、彼女は空腹を満たせるし、一石二鳥だ」

「だから私は――」

ぐううううううう。

口より先に、腹に生息した一匹の虫が本音をぶちまける。

「……何よっ」

腹の虫という本心を聞かれたことで、優月《ゆづき》は耳を真っ赤にしていた。声はつっけんどんで、握り拳はかすかに震えている。泣いたり恥ずかしがったり、忙しいやつだ。

「で、どうする？」

俺がニヤリと笑うと、優月は悔しさに歯噛《はが》みする。

「……だって、明日はファンミ本番だし」

「だったら英気を養わないとな」

「それに、夜中にこんな肉と油まみれの丼を食べたら、胃もたれしちゃうじゃない」

「何を今さら。そんな虚弱な胃袋じゃないだろ？」

現に豚丼を食べた時だって、翌日はケロッとしていたじゃないか。

食に関することなら、俺は誰よりも優月を熟知している。勝負を仕掛けるなら、今だ。

「……そこまで意志が固いなら、残念だけど俺がもらうよ」

テーブルの向かい側に置いた箸を奪取すると、優月は言葉こそ発しなかったものの「あっ」という唇の動きをした。やがて合い盛り丼を引き寄せようと器に触れた瞬間、俺の左手に優月の右手が重なる。

「ん、どうした？」

「……やってやるわよ」

優月が俺から箸を奪い取る。

「私が目指しているのはアイドルの頂点だから。努力だけじゃ、きっと足りないから」

続けて、合い盛り丼を手前に引き寄せる。

「もう、実像の私を切り捨てるなんて言わない。ファンだけじゃなくて、佐々木《さ さ き》優月の欲望も叶《かな》えたうえで、理想のアイドルを体現してみせる。全部手に入れて、誰よりカッコいいアイドルになってやるんだからっ！」

ほっとした気持ちを心の奥に隠し、俺はあえてニヒルな笑みを浮かべる。

「だったら、俺に何か言うことがあるんじゃないか？」

ここから先は、戦いの勝敗に直結する。

優月もそれを自覚しているのだろう。下唇を噛み、目にぐっと力を込めていた。

「ほら、言ってごらん？　優月の望みは何だ？」

「……させ、て」

「ん？　よく聞こえないな。もっとハッキリと」

「〰〰〰っ」

全身を小刻みにぷるぷるさせて、深く息を吐く。

……そして。

骨の髄まで覚悟を決めた優月《ゆづき》は、琥珀色《こはくいろ》の瞳をうるうるさせながら俺に懇願した。

「――私に、鈴文《すずふみ》のごはんを食べさせてくださいっ♥♥♥♥」


メシ堕《お》ち、完了――。


ようやく、この時が来た。

アイドルと男子高校生の対決は、真守《まもり》鈴文の勝利で幕を閉じたのだった。

「仕方ない。そこまで言うなら食べさせてやろう！」

ついに、自らの意志で優月におねだりをさせた。体を全能感が駆け巡り、脳内でアドレナリンがドバドバと噴出しているのがわかる。俺は見事、成し遂げたのだ！

ところが、せっかくおねだりが済んだというのに、優月はなかなか食事を始めようとしない。

「どうした？　食べないのか？」

「……言ったわね？」

ふと、優月《ゆづき》の瞳がギラリと妖しく輝いた。

「ん？」

取り上げられたばかりの箸が、再び俺の手に与えられる。

「これはどういう……」

優月は両手を膝の上に乗せて、渾身《こんしん》のおねだりを繰り出す。


「じゃあ、私にあーんして♥♥♥」


「なっ……！」

優月はどこまでも無邪気で、見る者を一様に虜《とりこ》にする、究極スマイルを湛《たた》えていた。

「あれ？『食べさせてやる』って言ったよね？」

「いや、今のはそういう意味じゃなく……」

「食べさせてくれないの？」

からかい交じりのようで、心から求めているようにも見える。アイドルの有須《ありす》優月とリアルの佐々木《ささき》優月が、シンクロしたかのような感覚。

「……わかった、わかったよ！　じゃあせめて、目を閉じてくれ」

「……ん」

もとより今日の俺の行動は、常軌を逸脱している。今さら「あーん」くらい、朝飯前だ。

優月が瞼《まぶた》を閉じる。いつまでも眺めていたくなる、芸術品のように整った顔。口元は開花直前のつぼみのように、ごはんを求めてうっすら開きかけている。

顎を上げた優月と向かい合う光景に、俺は気付いてしまった。

これではまるで、結婚式で誓いのキスをする夫婦ではないか！

優月に目をつむらせたのは恥ずかしさから逃れるためだったが、完全な逆効果だった。

途端に心臓がバクバクと騒ぎ始める。きっと俺の顔は、加熱前のプラティナムポークくらい赤くなっていることだろう。しかしここまで来たら、引き下がるわけにもいかない。

焦る心をなだめ、箸で肉と米をすくう。

「……行くぞ」

「……うん」

誓いのキスの代わりに、俺は静かに告げる。

「はい、あーん」

優月が両手を膝の上に乗せたまま、身を乗り出す。ぎゅっと閉じていた左右の手は、春の雪解けを知らせるように少しずつ開いていった。

「あーん♥」

餌を欲しがる雛《ひな》のように、薄い桜色の唇が開く。整った歯も、艶《なま》めかしい舌も、これからメシが滑り落ちる喉も、すべてが俺の心をつかんで放さない。

俺は照れくさい気持ちを押し殺し、合い盛り丼、最初の一口を優月《ゆづき》の舌に載せた。口の中から箸を抜くと、唇の上下が静かに合わさった。

もっ、むぐ、ざくっ、はぐはぐ。ごくん。

「どうだ？」

「……んふ♥」

声が艶《つや》やかな色を帯びている。「おいしい」よりも嬉《うれ》しい反応だ。

とはいえ、同時に恥ずかしさもこみ上げてきて、まともに優月の顔を見られそうにない。

俺は優月に箸を握らせて、食事の続きを促した。

「えー、最後まで食べさせてくれないのー？」

今度は明らかに俺を弄ぶ口調だったので、俺は「うっせ」と返す。

改めて、優月は自分で豚バラ肉とごはんをつかみ、ゆっくりと口に含んだ。

「……あ……♥」

感嘆の言葉がこぼれると同時に瞳が見開かれ、箸を動かすスピードが一気に加速する。

「濃厚なタレがバラ肉に絡んで、口に入れると同時にまろやかなコクが広がる……。白米にローリングすると、甘さが一層際立つの。鼻を抜ける長ネギの香りが気持ちいい……♥」

長らく食事を節制していたからか、優月の味覚はさらに鋭敏になっているようだった。

丼に卵を落とし、肉と絡めるのも忘れない。タレを全身に纏《まと》ったバラ肉という名のヒーローは濃黄色のマントを羽織り、少女の口内へと飛び立った。

「濃い味付けのお肉が今度はまろやかになって、するっと入っちゃう。タレと合わさってすき焼き風って感じ♥　こんなの、ごはん一杯じゃ全然足りないよ～♥」

あっという間に半分近くを胃に収めてしまう。ごはんも大盛りにしておけば良かったか。

「それではいよいよ……」

満を持して、ファボチキのエリアに突入する。

一口サイズに刻んだ大ぶりの鶏《とり》もも肉を、白米とともにぱくり。

「……ん～～～～～～っ！」

クッションの上で足をパタパタさせ、優月は鼻息を荒くする。

「カラッと揚がって、食感がすっごく軽やか。まるで口の中で新雪を踏みしめているみたい。さっくりした歯ごたえが楽しい～♥」

パリパリとした歯触りを楽しめるよう、衣を薄めにしたのは正解だったようだ。

「塩ダレも、レモンと黒コショウが利いて相性ばっちり。白胡麻《しろごま》と大葉の香りも爽やか～。揚げ物だけど豚バラのこってり感とぶつからずに、どっちも楽しめるね♥」

器の脇に添えたタクアンの役割は、口直しを超えてもはやリセットボタンだ。食べ物を求めて口はどんどん大きく開き、大輪の笑顔が咲く。舞台上で輝く優月《ゆづき》も好きだけど、俺はやっぱりこっちの優月のほうが好きだ。

「ごちそうさまでした！」

満面の笑みで、優月は食事を終える。

器には米の一粒どころか、タレの一滴も残っていない。

「……」

少しの間、リビングに沈黙が流れる。

箸を置いた優月は、俺の手にそっと自分の手を重ねた。体温を、奮い立たせる心を、手を通じて俺から一時的に借りるように。

「……ありがとね、色々と」

「別にいいよ。俺と優月の仲だろ？」

当然のように告げると、優月ははにかんだ様子で白い歯をこぼした。

「……私はこれからもアイドルとして、理想の姿をみんなに届けたい。有須《ありす》優月の内側にいるのが佐々木《ささき》優月だからこそ、最高のアイドルなんだって、胸を張れるようになりたい」

「そうか」

「頂点に立つためには、ライバルに勝つためには、やっぱり努力するしかないの。時間も体力も青春も費やして……それでも、今度は自分を蔑《ないがし》ろにはしない」

「良《い》いと思う」

「だからお願い。これからも、私におせっかいを焼いて。私が遠くに行きそうになったら、何度でも引き留めて。こっちの私も居ても良《い》いんだよって言って」

期待と照れが入り混じり、どこまでも信頼に満ちた瞳が、目の前にあった。

「任せておけ。俺はどこまでも、佐々木優月の一番の味方だ。手の届かないステージの上に立とうが、画面の向こう側に消えようが、何度でもメシ堕《お》ちさせてやるよ」

「ありがとう、鈴文《すずふみ》」

優月の表情は、憑《つ》き物《もの》が落ちたように晴れやかだった。

「……さて、食事も済んだし、ホテルに戻らなきゃ！　寝る前にもう一度だけ、振り付けの見直しもしておきたいし！」

この周辺は交通量が多いから、タクシーを呼ばずとも外に出ればすぐに捕まるだろう。

俺たちはリビングを出て、玄関まで移動する。

「下まで見送……らないほうがいいよな」

「うん。鈴文にはここで私を見送ってほしい。佐々木優月の帰る場所はここだから」

自信満々な笑みは、演技でも強がりでもない、自然とにじみ出たものだった。

ああ、カッコいいな。その堂々とした佇《たたず》まいに、俺は畏敬の念を抱く。

「それじゃ、行ってくるね」

優月《ゆづき》が右手を掲げる。握手というには、やや高い位置。

俺は頭の上に掲げられた手を、ハイタッチで返す。

「おう、行ってこい！」

表情も、仕草も、何もかもが輝いていた。

それこそ、雲ひとつない夜空に光る月のごとく。


勢いよく扉を開け、優月が外に踏み出した。

足取りに一切の迷いはない。月明かりが、彼女の横顔を煌々《こうこう》と照らす。

共用廊下のエレベーターに向かう優月の姿は、まさしくステージの袖からスポットライトの下へと駆け出すアイドルのようだった。

INTERVAL　「今度こそ、ごちそうさま」

「でね、最善席から見える優月ちゃんは、もはや天使とか女神なんて俗なワードで片づけられる可愛《かわい》さじゃないのよ。もはや神話？　教典？　時代そのもの？」

「はあ」

「今回のトークコーナー、テーマは『私の思い出の料理』だったんだけどね。優月ちゃん、なんて言ったと思う？　ヒント、優月ちゃんの大好物」

「さあ、豚丼とかですか？」

「優月ちゃんが限界サラリーマンみたいなメニューを選ぶわけがないじゃない。よく覚えておきなさい。優月ちゃんの大好物はガレットよ。ああ、ガレットっていうのはそば粉を原料としたフランス料理のこと。優月ちゃん、こないだ友達にガレットを作ってもらったらしいの。それがあまりにおいしくて、もうお店のものは食べられないって興奮してたわ」

「……そうですか」

会議用テーブルの向かいから聞こえてくる、担任発の会話型ＢＧＭに相槌《あいづち》を打ちながら、俺は弁当をパクついていた。

五月下旬。学校。生徒指導室。

昼休みに呼び出しをくらうのはこれで五日連続だった。

三神《みかみ》先生は俺以外に同担の知り合いがいないらしく、先日のファンミの感想を一方的に語ってくる。五日目の金曜日を迎えても、熱が衰える気配はまるでなかった。このまま来週も呼び出されるのはさすがに面倒《めんど》くさいので、そろそろまともに対話をすることにした。

「ミニライブはどうでしたか?」

「そう、それっ!」

待ってましたと言わんばかりに、パイプ椅子をこちらに近づけてくる。

「会員ナンバー000005のわたしが断言するわ。こないだのミニライブは、間違いなく過去最高のクオリティだったわね。もうヤバい。一曲につき五時間は語れるわ」

「……何曲構成でしたっけ」

「あくまでミニライブだからね。六曲だけよ」

最低でも三十時間か。昼休みが五十分だから、単純計算で三十六日分だ。

「とりあえず、総括を一分でお願いします」

昼休み終了まで残り三分。覚悟を決めて、最後のごはんを飲み込んだ。ごちそうさま。

「色々語りたいことはあるけど、優月《ゆづき》ちゃんが最高だったわね」

「いつもそれじゃないですか」

「ううん。以前のライブではちょっと危うげな場面があったから、正直心配してたの」

三神先生はトーンを落とし、口元だけで小さく笑みを作る。

「でもわたしの杞憂《きゆう》だったみたい。今回の優月ちゃんは心から楽しそうで、まるで別人のようだった。別に今までが作り笑顔だったとかじゃなくて、本当に、今という瞬間を満喫しているっていうのがこっちに伝わってきて、なんだか泣きそうになっちゃった」

まるで教え子を労《いたわ》るような、穏やかな口調だった。

「きっとあの子にはこれから、様々な困難が訪れるのでしょうね。でも、優月ちゃんなら乗り越えられるって信じてるわ。推しをそっと見守り支えるのが、ファンの務めだもの」

ファンの語源は、《熱狂的な人・狂信者》を意味する《Ｆａｎａｔｉｃ》だという。

彼女たちはこれからも有須《ありす》優月という光を、どこまでも追い続けるのだろう。人々の希望を、願いを、夢を託された優月は、孤独な戦いに身を投じるのだ。もし優月が羽を休めたくなった時、そばで支えられるのが俺であったら嬉《うれ》しいと、心から思う。

さて、三神先生の語りも一段落ついたようだし、そろそろ退散するかな。

俺は弁当箱をナプキンでくるみ、席を立つ。

「先に教室戻ってますね。先生も急がないと遅刻ですよ」

午後の授業一発目は、三神先生が担当する現代文だ。しかし生徒指導室を訪れた彼女は手ぶらだったから、一度職員室に戻るつもりなのだろう。

「それじゃ、失礼します」

「……真守《まもり》くん、ありがとね」

扉が閉まる直前、お礼のような言葉が聞こえた気がした。

はて、何に対してだろうか。俺は聞こえなかったフリをした。

☆　☆　☆

帰りのHRが終わると、教室が一気に賑《にぎ》やかになる。クラスメートは教壇の前やベランダなどあちこちで群がり、週末の予定を立てていた。

「さて、俺たちは図書室で中間テストの振り返りでもするか」

前の席から振り返った友人は、まるで苦虫のシェイクを一気飲みしたような顔をする。

「オレはこれから明日のデートに備えて色々と準備があるんだ。さっさと帰りやがれ」

放課後の勉強の甲斐《かい》もあり、穂積《ほづみ》はなんとか赤点を回避できたようだった。そのため、明日は彼女とご褒美デートなのだという。

「ふん、期末テストで泣きついてきても知らないからな」

どうせ去年と同じように、七月に入った途端に拝み倒してくるくせに。また勉強の指南役を乞われたら、二回は断ってやろう。

穂積は俺をしげしげと眺めた後、ふいに尋ねてくる。

「……お前、ちょっと前までテンション低かったけど、すっかり元気になったみたいだな。良《い》いことでもあったか？」

「これからあるんだよ。じゃ、また来週」

「お、おう。……これから？」

首をかしげる穂積の横を通り過ぎ、教室を出る。

中間テストが終わり、期末テストの予告がされるまでの学校の空気は、どこもかしこも弛緩《しかん》している。一階の生徒用玄関に近づいていくと、喧騒《けんそう》はますます大きくなっていく。

校門を一歩出ると、横から茶髪のギャルが飛び出してきた。

「あ、スズ、偶然！」

「……いや、思いっきり待ち伏せしてただろ」

「えへへ、まあね。途中まで一緒に帰ろ」

俺と莉華《りか》は、並んで学校を後にする。こうしてともに下校するのは、高校生になってからは初めてかもしれない。

「今日もバイトか？」

「うん、夏休みに向けて今のうちからガッツリ稼がなきゃ。あ、心配しないで。夏休み中はスズんちに毎日お世話に行ってあげるからね！」

莉華は誇らしげにどん、と胸を叩《たた》く。うーむ、なんとか回避できないだろうか。

高校生になった莉華《りか》は、いつも全力だ。遊びも、バイトも。幼なじみとしては、勉強も頑張ってほしいところだけど。そういえば、卒業後の進路はどうするつもりなんだろう。

「莉華はこの先、やりたいこととかあるのか？」

「やりたいこと、かぁ……」

莉華は顎に手を当て、「んー」と思案する。

「……もう一度、有須優月《ありすゆづき》とごはんしてみたいかも」

意外だった。正直、お好み焼きの時はあまりいい雰囲気とは思わなかったから。

「よく考えたらアタシ、あの子のこと全然知らないからさ。今度はちゃんと話してみたいなって。あ、もちろんスズがアタシを独り占めしたいなら、無理にとは言わないけどっ！」

ウインクになっていないウインクをして、莉華は親指を立てる。

求めていた答えとは違ったけど、世話の焼ける妹のような幼なじみが知らぬ間に大人の階段を上っていて、なんだか感動してきた。

しみじみとした気持ちで横断歩道の赤信号を待っていると、角のファボマが目に入った。

ふと、ある日の放課後を思い出す。

「せっかくだし、ファボチキでも買って帰るか？」

莉華は満天の星のように目を輝かせたが、すぐに曇り空になる。

「今日はお店で新メニューの試食会があるんだった……。お腹空《なかす》かせておかなきゃ……」

また新たなフェアを展開するのか。ということは、遠くないうちに父セレクションのおすすめ食材が大量に届くことを意味する。冷蔵庫を整理しておかなければ。

「じゃあまた今度な」

「絶対だよ？　約束だからね！」

確かにファボチキはうまいけど、そこまで食べたかったのだろうか。

莉華はそのままバイトに行くとのことで、交差点で別れた。俺は近くのスーパーに寄り、夕食の食材を購入する。足りないものだけを買うつもりが、店内を回っているうちにアイツに食べさせたい料理が次々に浮かんできて、結局両手に袋をぶら下げる羽目になった。

マンションに到着すると、ちょうどエントランスから人が出てくるところだった。引っ越し業者ではなさそうだが、ツナギを着用していることから誰かの手伝いで来たのかもしれない。俺は会釈をして通り過ぎ、エレベーターで八階に向かう。

カゴから降りると、共用廊下の一番奥に人の姿があった。

はやる気持ちを抑え、ゆっくりと近づいていく。８０８号室の手前に来たところで、少女は俺の存在に気付いたようだった。朝日が昇るように、顔がみるみる明るくなっていく。

「鈴文《すずふみ》！」

「今日からまたこっちで暮らすんだっけ」

我ながら白々しい。どれだけ今日を待ち望んでいたか。

優月《ゆづき》も俺の心中を見透かしているようで、ずっとニヤニヤしている。

「ただいま、鈴文《すずふみ》」

「おかえり、優月」

佐々木《ささき》優月が、お隣さんとして帰ってきた。

マンション解約の件は、ファンミの後オーナーさんに連絡を入れ、取り消してもらったそうだ。部屋の家具は一部撤収していたので、新調すると言っていた。どうやら先ほどすれ違った人は、事務所のスタッフだったらしい。

「夜にファンミお疲れ様会をやるからな」

「うん、楽しみにしてる」

真《ま》っ直《す》ぐな期待の言葉に、俺も心が弾む。

佐々木優月に安心と満足を与えられるように。アイドル活動のエネルギーとなるように。

俺はこれからも、優月に料理を作り続けたい。

☆　☆　☆

テーブルに所狭しと並んだ数々の料理を前に、優月は唖然《あぜん》としていた。

「これはちょっと……さすがに……」

「正直、やっちまったとは思っている」

ファンミお疲れ様会の会場は、真守《まもり》家のリビング。料理はテーブルに載りきらなかったので、クローゼットから折り畳み式のテーブルも引っ張り出してきた。

献立は和洋折衷。チキンカツ、エビフライ、照り焼きチキン、鯛《たい》のお刺身、炊き込みごはん、チゲスープ、シーザーサラダ等々。デザートはクリームたっぷりの包みクレープ。

「ちなみに、あと冷蔵庫にポタージュと冷しゃぶとフルーツポンチが入ってる」

「だから！　量！」

だって待ち遠しかったんだもん。優月がいない間に「食べさせたいリスト」が加速度的に溜《た》まっていったんだもん。品数が多い代わりに、一品あたりの量は少なくしてあるし。

「……全部食べてもいいからな！」

俺が勢い任せにサムズアップすると、隣で優月がげんなりした顔つきになる。

「……っていうか、そもそも食べるなんて一言も言ってないし」

「は？」

「え？」

俺たちの間に、不穏な空気が立ち込める。

「さっき、『お疲れ様会楽しみにしてる』って」

「食事に言及はしてなかったはずだけど」

「こないだの夜、『佐々木優月《ささきゆづき》の帰る場所はここだから』とも言ってたぞ」

「それだって別に、ごはんを食べるのとイコールってわけじゃないでしょ……」

「待て待て。あの流れは普通、『あなたに心も胃袋も捧《ささ》げます』って意味だろう！」

「心も胃袋もって……そ、そんなのまるでプロポーズじゃない！」

途端に顔を真っ赤にして、俺から距離を取る優月。

「言っておくけど、私はメシ堕《お》ちなんかしてないんだからね！　あの日はその……一夜の過ちというか……！」

背徳的なフレーズで自爆した優月の顔色は、さらに赤くなっていく。

「す、鈴文《すずふみ》こそ、私のファンになったんじゃないの？　ファンミで私の雄姿を見届けたかったでしょ？　配信はファンクラブ会員限定だし、アーカイブは明日で終わっちゃうよ？」

「残念。当日の模様は限界オタクからさんざん聞かされて、手に取るようにわかるわ！」

俺たちは激しく視線で切り結ぶ。

「このままじゃ、料理が冷めちゃうぞ」

「それは……仕方ないじゃない」

「明日からはまた仕事が忙しくなるって言ってなかったか？　もうすぐレギュラー番組だって始まるんだろ？　ゆっくり食事ができる日なんて、しばらく来ないかもしれないぞ」

「うぐ……」

「この包みクレープとか上出来なんだけどなぁ。優月の好物だっていうから、たくさん用意したのになぁ」

「ぐぐぅ……」

食欲と罪悪感をピンポイントで突いていく、我ながら無駄のない攻撃。

「ま、どうしても食わないなら諦めるか。俺は一人ぼっちで寂しく打ち上げを……」

「わかったわよ！　食べればいいんでしょ、食べれば！」

優月は強く唇を噛《か》み、まるで魔物に捕まった気高き姫騎士のように、鋭く威圧的な眼差《まなざ》しを向けてくる。初めて豚丼を振る舞った日と同じように。

優月をローテーブルの前に座らせ、俺も向かいに腰を下ろす。テーブルにすし詰めになった料理の数々を眺めているうち、優月の瞳の色は期待へと変わっていった。

やがて、俺たちは同時に手を合わせた。

「「いただきます!!」」

優月が食事に箸を伸ばす。あるいはフォークを、ナイフを、スプーンを。

笑顔で料理を頬張《ほおば》る優月を眺めていると、胸がいっぱいになる。

俺たちは住まう部屋が隣同士でも、何もかもが異なる二人だ。片や人気アイドル、片やただの男子高校生。

それでも今は、同じ食卓を囲っている。これからも俺は、優月の一番近くにいたい。そして優月《ゆづき》の一番になりたいと、強く願う。

「ふぅ……ごちそうさまでした……」

リミッターを解除した優月の前では、フルコースも前菜に過ぎなかったようだ。大皿もボウルもすっからかんになっていた。

俺は卓上にある最後の食べ物である包みクレープを、口に放り込む。

ぶにゅり、と真っ白なクリームがはみ出た。

うん、イチゴの酸味と生クリームのすっきりとした甘さがマッチして、うまい。チョコバナナと抹茶は優月に取られてしまったので、明日のおやつにもう一度作ろうかな。

ふと、強烈な視線を感じた。

いつの間にか隣に来ていた優月が、俺の頬《ほお》を凝視している。

「……全部食べていいって、言ったよね」

「優月？　どうし――」


優月の唇が、そっと俺の頬に触れる。

呆気《あっけ》にとられる俺を前に、優月はぺろりと舌を舐《な》め回す。

その先端には、生クリームが付いていた。

「今度こそ、ごちそうさま」

からかうように、優月《ゆづき》が微笑《ほほえ》む。

頬《ほお》に灯《とも》った桃色の熱を、指先で確かめる俺。

「……今のは……」

「だから、ごちそうさまっ！」

優月は両手をぱちんと合わせ、上目遣いに俺を見つめてくる。

これはどっちだ。ただの食いしん坊か、それともメシにかこつけた愛情表現か。

頭をぐるぐると高速回転させ、考えがまとまらないまま無理やり結論に持っていく。

「そ、そうか！　これも俺をファンにオトすための作戦ってわけか！　いやー危なかった！　危うく術中にはまるところだったわー！」

俺は言い訳めいた口調でぺらぺらと言葉を並べる。

そうだ。優月はアイドルの頂点を目指すと俺に宣言したのだ。そんな未来のスターが、俺なんて一般市民に恋心を抱くはずがない。

「……鈴文《すずふみ》のばか」

優月は唇を尖《とが》らせ、俯《うつむ》いてしまった。

「……えーと……」

言葉をかけるべきか逡巡《しゆんじゆん》していると、優月はゆっくりと顔を上げた。琥珀色《こはくいろ》の瞳が、まっすぐに俺を捉えている。

やがて瞬《まばた》きをすると同時に、その表情は決意に満ちたものへと変化した。

「決めた。鈴文を、私のトップオタにしてあげる！」

「……は？」

いきなり何を言い出すんだ、コイツは。

トップオタ。数多《あまた》のファンの中でも、推しへの最たる熱量を誇る、文字通りトップに君臨するオタクのことだ。

優月は勢いに身を任せるかのごとく、早口でまくしたてる。

「今思えば、《ファン》なんて生温《なまぬる》いゴール設定は私らしくなかったのよ。これからは、今までのアプローチが生易しいと思えるくらいにガンガン攻めていくから、覚悟してね。鈴文をどこに出しても恥ずかしくないくらいの、私自慢のトップオタにしてあげる！」

不遜さすら感じさせる挑戦的な笑みは、自信に満《み》ち溢《あふ》れている。しかし俺は驚くどころか、不思議と安心感のようなものすら抱いていた。

……面白い。それでこそ優月だ。

「なら俺は、今度こそ完全に優月《ゆづき》をメシ堕《お》ちさせてやるよ。毎日どころか、毎食おねだりするくらいにな！」

俺は腕を組み、自信満々に告げる。

「こっちこそ、もう遠慮はしないぞ。一日三食なんてもんじゃない。おやつも、アフタヌーンティーも、夜食も、全開放だ。俺が優月のお隣さんである限り、俺のメシから逃れられると思うなよ！」

「望むところよ。私は絶対、鈴文《すずふみ》の作った背徳メシなんかに堕ちたりしないから！」

俺たちは互いを見据え、睨《にら》み合う。

恋愛メシバトルは短いインターバルを終え、新たなるステージへと進む。

あとがき

人は遊園地に向かうバスの乗車中、あるいは何日も前から、どのアトラクションを楽しもうか考えています。混雑状況は、ルートは、天候は、予算は。様々な事情を勘案し、その日の自分にベストな乗り物あるいは出し物を選びます。

私にとって食事とは、遊園地に似たようなものかもしれません。

今日のごはんは何にしよう。ごはんかパンか。肉か魚か。煮物か揚げ物か。昨日の夕食は何だった？　現時点での摂取カロリーは？　空腹度合いは？　思いを巡らせるほど、次のアトラクションが待ち遠しくなります。

皆様、はじめまして。及川輝新《おいかわきしん》と申します。このたびは私のデビュー作、『俺の背徳メシをおねだりせずにいられない、お隣のトップアイドルさま』をお選びいただき誠にありがとうございます。

作者として、私の願いはたったふたつです。ひとつは本作が人気シリーズ化し、読者様に長く楽しんでいただけること。もうひとつは取材と称し、高級焼肉や懐石料理、フレンチのフルコースを経費で堪能することです。確定申告でツッコまれようものなら、「これは取材だから！　読者のみんなが待ってるから！」で押し通す所存です。

冗談はさておき、謝辞に移ります。

まずは第19回ＭＦ文庫Ｊライトノベル新人賞にて選考に携わっていただいた皆様。及川輝新という食いしん坊にチャンスをくださり、ありがとうございます。ご期待に応えられるよう、引き続き尽力します。

続いて担当編集様。感謝を細かく述べると短編小説レベルのボリューム感になりそうなので、シンプルに。受賞から現在まで、私をお導きいただきありがとうございます。中華バーの肉団子、おいしかったですね。

制作や販売にご協力いただいた皆様。あなたがたのおかげで、本作を読者様にお届けできました。深い敬意と謝恩を。

イラストレーターの緋月《ひづき》ひぐれ先生。作者の期待を余裕で超える素晴らしいイラストの数々、ありがとうございます。もっと緋月先生のイラストが見たいので、続刊できるよう頑張ります。

最後に、長年私を応援してくれた友人・知人・ＳＮＳのフォロワーの方々。皆様の声援や見守りがあったからこそ、ここまで執筆活動を続けることができました。今度ぜひ飲みにいきましょう。

ではまた、二巻という食卓でお会いできることを願って。

MF文庫J

俺の背徳メシをおねだりせずにいられない、お隣のトップアイドルさま

2023年11月25日　初版発行

著者　及川輝新

発行者　山下直久

発行　株式会社KADOKAWA
〒102-8177 東京都千代田区富士見2-13-3
0570-002-301（ナビダイヤル）

印刷　株式会社広済堂ネクスト

製本　株式会社広済堂ネクスト

Printed in Japan　ISBN 978-4-04-683078-4 C0193

◇◇◇

この作品は、第19回MF文庫Jライトノベル新人賞〈優秀賞〉受賞作品「偶像サマのメシ炊き係！」を改稿・改題したものです。

【 ファンレター、作品のご感想をお待ちしています 】
〒102-0071 東京都千代田区富士見2-13-12
株式会社KADOKAWA　MF文庫J編集部気付「及川輝新先生」係　「緋月ひぐれ先生」係